KB265333

우리는 고시촌에 산다

SEOUL, 2013

우리는 고시촌에 산다

초판 제1쇄 발행일 2013년 5월 25일
초판 제3쇄 발행일 2014년 7월 15일
지은이 문부일
발행인 이원주 발행처 (주)시공사
주소 서울시 서초구 사임당로 82
전화 영업 2046-2800 편집 2046-2821~4
인터넷 홈페이지 www.sigongsa.com

ISBN 978-89-527-6902-2 43810
ISBN 978-89-527-5572-8 (세트)

*홈페이지 회원으로 가입하시면 다양한 혜택이 주어집니다.
*잘못 만들어진 책은 구입하신 서점에서 바꾸어 드립니다.

이 책은 2012년 서울문화재단 예술창작지원을 받아 출간되었습니다.

♣ 사랑의 열매와 함께 저소득층 어린이들의 교육 자립을 지원합니다.

우리는 고시촌에 산다

문부일 지음

시공사

대학길 1→172
Daehak-gil

일러두기

작품에 언급된 학교와 상호명은 특정 학교, 상호와 무관함을 알려 드립니다.

2002년, 스무 살을 대학교 울타리 안에서 보내는 것이 아쉬워 한 학기를 마치고 휴학을 했다. 어른들의 품을 떠나 넓은 세상에서 다양한 경험을 하며 많은 사람을 만나고 싶은 욕심도 있었다. 그렇게 해서 신림동 고시촌에서 넉 달을 지냈는데, 낯선 풍경을 경험하는 소중한 기회가 되었다.

고시원에서 보낸 시간은 10년이 지난 지금도 잊을 수 없을 만큼 젊음과 열정으로 충만했다. 아침에는 아르바이트를 하고 오후에는 배우고 싶은 것과 하고 싶은 것을 마음껏 하며 스무 살의 자유를 만끽했다. 고시원 생활도 만족스러워 쉽게 적응했다. 그런데 가끔 주인아저씨에게 음악 소리가 크다, 휴게실에서 밤늦게 텔레비전을 보지 마라 같은 지적을 받았다. 잔소리가 듣기 싫어 신경 쓰다 보니 자연스레 고시생들의 일상을 눈여겨보게 되었다. 그때는 지금과 다르게 고시촌에 고시생이 넘쳐 났다. 대학생부터 마흔 살을 훌쩍 넘긴 아저씨까지 그들은 꿈을 이루려고 온종일 공부하고, 컵라면으로 끼니를 때우며 고군분투했다. 그 많은 고시생 중에 몇 명이나 합격했을지,

아직도 포기하지 않고 공부하는 사람은 없는지 궁금하다.

고시촌 사람들의 삶은 다양해서 아르바이트를 하며 주경야
독하는 아저씨도 있고, 고시에 실패해 고시촌에서 장사를 하
는 아줌마도 있었다. 많은 사람들을 보며 내 고민과 더불어 여
러 가지 생각을 하게 되었는데, 그 경험이 이 작품의 씨앗이
되지 않았나 싶다.

서늘한 바람이 좋은 가을밤, 음악을 들으며 고시촌에서 서
울대 정문까지 산책을 할 때가 많았다. 골목을 빠져나와 녹두
거리를 지나고 횡단보도를 건너는 동안 나는, 자판기에서 뽑
은 독한 커피를 들고 독서실로 향하는 젊은 고시생을, 서점 앞
에 붙은 합격자 명단을 보며 초조하게 담배 피우는 아저씨를,
고시식당에서 일을 마치고 퇴근하는 아줌마를, 학원 셔틀버스
에서 내리는 중학생을 만났다. 그들의 고단한 얼굴을 보며 무
슨 사연이 있을지 헤아려 보곤 했는데, 그렇게 그들이 내 마음
속 깊이 자리 잡았고, 이 작품을 쓰게 만들었다.

작품 속 기찬이와 성민이, 원대 씨, 미래 씨, 승필 씨와 함께
하는 동안 10년 전 스무 살의 가을과 겨울, 그리고 청소년기를
떠올릴 수 있어 행복했다. 인물들의 간절한 이야기를 오롯이
전하고 싶었지만 안타깝게도 내 능력은 여기까지다. 더 노력
해서 역량을 키우겠다고 그들에게 약속한다.

장편을 처음 쓰는 초보 작가를 잘 이끌어 주신 시공주니어 분들을 오랫동안 기억하고 싶다. 몇 년 동안 찾아뵙지 못했는데도 먼저 연락해서 응원해 주신 평론가 김서정 선생님과 문학을 통해 세상 보는 방법을 말씀해 주신 소설가 최인석 선생님에게 더 좋은 작품으로 보답하고 싶다. 이남석 선생님의 따스한 마음도 잊을 수 없다. 그리고 서른이 넘었는데도 철없이 살고 있는 나를 격려해 주는 가족들이 있어 든든하고, 먼저 안부를 묻는 지인들 덕분에 외롭지 않았다.

글을 쓰다 지칠 때면 여행을 하며 신선한 기운을 얻었다. 촉촉한 봄비가 내리는 새벽, 승주 선암사에서 고요한 평온을 느꼈다. 햇살이 화창한 가을, 도쿄의 낯선 일상이 지루한 삶에 활력이 되어 주었다. 도쿄에 갈 때마다 아낌없이 베풀어 주는 재성에게 고마움을 전한다.

다시 봄이다. 첫 장편이 출간된다. 설레면서도 두렵다. 내 삶의 완연한 봄을 기다리며, 어느 한적한 토요일 시원한 카페라테를 마시며 마지막 문장을 쓴다.

햇살이 눈부신 날,
문부일

"대학동 초등학교 졸업생 여러분! 세계적으로 가장 공부 에너지가 넘치는 대학동 고시촌, 이곳에 사는 여러분은 행운아입니다. 그 기운을 듬뿍 받아서 중학교에 가면 국가와 민족, 세계 평화를 위해 눈에 불을 켜고 공부하십시오!"

교장선생님은 대통령 선거에 출마한 후보처럼 손을 휘저으며 말했다. 강당 보수공사가 끝나지 않아 졸업식이 운동장에서 열린 탓에 모두 몸을 움츠리고 있었지만 교장선생님은 아랑곳하지 않았다. 누군가 동상에 걸려 쓰러지는 연기 투혼을 펼칠 때까지 말씀은 계속될 것이다.

교장선생님은 고시촌과 사법고시, 서울대 이야기를 꺼내며 공부의 중요성을 강조했지만 아이들은 시큰둥했다. 그 낱말들이 너무 지겨워 얼굴을 찡그리는 녀석도 있었는데, 우리 동네 특성 때문이다.

나는 서울특별시 관악구 대학동에 산다. 원래는 신림9동이었는데 몇 년 전 대학동으로 바뀌었다. 참고로 대학로와 착각하면 안 된다. 대학로는 연극과 개그 공연, 뮤지컬이 매일열려 연예인이 지나다니고, 대학생이 많아 활기가 넘친다. 반면 대학동은 대학로와 한 글자가 다를 뿐인데 분위기가 너무달랐다.

우리 동네 별명은 '고시촌'이다. 사법고시 공부를 하는 사람을 '고시생'이라고 하는데, 숫자 파악이 안 될 정도로 많은고시생이 우리 동네에 살고 있다. 사법고시는 판사, 검사, 변호사가 되는 시험으로, 우리나라에서 가장 어렵다고 한다. 우리 아빠 나원대 씨도 10년 동안 고시생으로 살던 슬픈 역사가 있다. 그리고 서울대학교가 10분 거리에 있어서 서울대생도 많이 산다. '공부 종결자'들이 집단 거주하며 퍼트린 '공부바이러스'가 우글거리는 곳이 고시촌이고, 세계적으로도 이런 동네는 드물 것이다.

쌀쌀한 운동장에 오래 서 있었더니 몸이 굳어 기지개를 펼때였다. 덜커덩, 소리를 내며 트럭이 학교 주차장으로 돌진했다. 소리가 너무 커서 사람들의 주목을 받았고 교장선생님도 입을 다물었다. 여기저기서 똥차, 폐차라는 소리가 들렸다. 파란색 트럭은 너무 낡아서 하늘색으로 변했고 범퍼에 녹이 슬었다. 평소에는 몰랐던 부분들이 한눈에 들어와 얼굴이

뜨거워졌다. 똥차는 우리 엄마, 신미래 여사의 위험한 동반
자였다.

"오늘 학교 급식하는 날이야?"

여드름투성이 여자아이가 중얼거렸다. 하얗게 부풀어 오
른 여드름을 사정없이 터트려 주고 싶었다. 아이들도 트럭을
보며 비웃었다. 트럭 뒤에 실려 있는 감자 상자와 붉은색 양
파 자루, 삐죽이 고개를 내민 대파 줄기가 보기 싫었다. 신미
래 여사는 급식소에 식자재를 배달하러 온 것 같았다.

엄마는 주차의 달인답게 후진과 전진을 반복하더니 좁은
틈새에 차를 세웠다. 멋진 승용차들 사이에 기죽지 않고 서
있는 트럭은 신미래 여사를 닮았다. 잠시 뒤, 보조석 문이 열
렸다. 졸업식에 초대하지 않은 손님이 트럭에서 내렸다. 나원
대 씨였다.

아빠의 패션은 다른 사람들의 시선을 끌기에 충분했다. 칙
칙한 회색 점퍼에, 한번 입으면 그 매력에 푹 빠져 절대 벗을
수 없다는 등산 바지를 입었다. 이쯤 되면 매력이 아니라 마
력이다. 그리고 흙이 묻은 등산화로 심마니 패션의 정점을 찍
었다. 정장을 빼입은 아저씨들 사이에서 아빠는 낡은 트럭과
똑같은 신세였다. 나원대 씨는 주민등록증 나이보다 열 살은
더 많아 보였다. 노안보다 문제는 구부정한 어깨였다. 다른
사람 눈에는 보이지 않는 투명 돌덩이를 메고 다니는 것일

까. 아빠의 등장으로 졸업식이 불편해졌다.

신미래 여사는 대파 묶음 옆에 있는 꽃다발을 들고 당당하게 걸어왔다. 꽃다발 가장자리에 있는 초록색 잎이 얼핏 대파처럼 보였다. 엄마가 까치발을 하고서 나를 찾으려고 기웃거릴 때 아빠는 졸업식 안내문을 살폈다. 성적 우수상 명단에서 내 이름을 찾는 게 분명했다.

"중학교에 올라가서 더 모범적으로 학교생활 하십시오. 시간이 없어 이만 끝내겠습니다."

교장선생님이 마이크를 내려놓았다. 아이들은 말씀의 지옥에서 벗어났다는 기쁨으로 크게 손뼉을 치며 언 손을 풀었다. 이어서 졸업장과 상장을 나눠 주었다. 공로상, 성적 우수상 순서가 끝나고 내가 기다리던 차례가 돌아왔다.

"올해부터 시상하는 인기 재능상 수여가 있겠습니다. 나기찬 외 여덟 명입니다. 대표로 나기찬 군 단상 위로 올라와 주십시오."

아이들에게 손을 흔들며 앞으로 달려 나갔다. 이 순간을 위해 학교에 다닌 것처럼 6년 동안 쌓였던 스트레스가 한 방에 풀렸다. 특히 올해 부지런히 활동했는데 그 노력과 열정을 인정받는 셈이다. 주요 활동 내용으로는 수학여행 장기 자랑 시간에 성민이와 아이돌 춤을 춰서 1등을 했고 운동회 때는 응원단장을 맡아 응원 우승을 이끌었다.

단상에 올라갔다. 교장선생님은 달랑 상장만 주며 달갑지 않은 악수를 청했다. 성적 우수상 수상자에게는 선물을 주면서 내게는 주지 않았다. 축하 공연을 할 기회라도 주면 좋을 텐데 수상 소감도 말하지 못했다. 졸업식이 성적 중심으로 진행되고 있어서 밋밋하고 재미가 없었다. 잊지 못할 졸업식을 만들어야 하는데 아쉬웠다.

단상에서 내려와 제자리로 돌아갔다. 사람들이 나를 주목하는 것 같아 의젓하게 서서 상장을 들여다보았다. 그제야 졸업하는 것이 실감 났다.

입학식 때가 떠올랐다. 엄마는 담임선생님에게 나를 맡기고 백화점으로 일하러 갔다. 다른 아이들은 엄마의 손을 잡고 호기심 가득한 얼굴로 돌아다닐 때, 나는 교무실에 앉아 불안하게 사방을 둘러보았다. 그날의 학교 풍경과 스산한 마음이 지금도 잊혀지지 않았다.

운동장에서 6년 동안 머물렀던 교실들을 바라보니, 낯설고 기분이 이상했다. 누가 겨드랑이를 간질이는 것 같기도 하고, 한편으로는 마음이 무겁고 허전했다. 이럴 때 시원섭섭하다는 말을 하나 보다.

중학생이 된 내 모습을 상상해 보았다. 교복을 입으면 어른스러워지고, 공부도 잘될 것 같다. 모두가 똑같은 교복을 입는 것부터 초등학교와 많이 다르겠지만, 청소년이라는 말이 좋았다. 어린이와는 다른 새로운 세상으로 들어가는 느낌이었다. 중학생이 되면 담배를 피우고 술을 마시는 녀석들도 있다고 한다. 어른들은 불량 청소년이라고 손가락질한다. 담배는, 술은 어떤 맛일까? 여자 친구도 자유롭게 사귈 수 있을 것 같아 짜릿하고 가슴이 두근거렸다.

호기심 못지않게 두려움도 컸다. 싸움 잘하는 형들에게 찍히면 고생한다는 소문이 마음을 짓눌렀다. 벌써 몇 명은 형들에게 불려 가서 '특별 교육'을 받았다는 이야기가 나돌았다. 흉흉한 소문에 머리가 복잡했지만 닥치지 않은 일을 미리 걱정하고 싶지 않다.

20분이 지나자 졸업식이 끝났다.

"우리 기찬이가 앞에 나가서 상 받을 때, 정말 자랑스러웠어. 우리 아들 최고야!"

엄마가 꽃다발을 내밀었다. 꽃향기 대신 매운 대파 냄새가 풍기는 것 같았다. 나원대 씨가 뒷주머니에 손을 넣고 걸어왔다.

베스트 프렌드인 성민이가 사진을 찍어 주겠다며 우리 앞에 섰다.

"아저씨, 환하게 웃어요. 왜 시무룩해요?"

엄마가 아빠 옆구리를 찔렀다. 아빠는 마지못해 입꼬리를 살짝 올리며 웃는 시늉을 했지만 감동 없는 웃음으로, 연기력이 꽝이었다. 그놈의 성적 우수상이 아빠의 기분을 상하게 만들었다. 내세울 게 없는 아빠는 나를 치켜세우며 잘난 척을 하고 싶어 한다. 그 마음을 충분히 알지만 그건 아빠의 소망일 뿐이다.

"아빠는 졸업할 때 우등상을 못 받은 적이 없었어. 쯧쯧! 공부를 못하는 건 알았지만 이렇게 형편없을 줄이야. 이제부터는 기찬이 공부를 직접 챙겨야겠어."

아빠는 사람을 무시할 때 혀를 쯧쯧 찬다. 그 소리를 듣고 있으면 속에서 화가 치밀어 오른다. 부자지간에 대화를 하다 보면 나타나는 증상으로 '어린이 화병'이다. 이제는 '청소년 화병'이 될 것이다. 중학교에 가면 공부 압박이 심해질 거라고 예상했지만 아직 마음의 준비를 못 했다.

나도 속으로 아빠에게 혀를 쯧쯧 찼다. 아빠는 자기 자신을 너무 모른다. 사람들이 아빠 뒤에서 수군거리는 것도 모르면서 내 앞에서만 으스대는 꼴이 우습다. 이럴 때 소크라테스 선생님이 하신 말씀을 전하고 싶다. '나원대 씨, 네 자신을 알라!'

"기쁜 날 축하는 못 해 줄망정 우울해지게 왜 기를 죽여? 재능상도 아무나 받는 게 아니야."

신미래 여사가 눈을 흘기며 퉁바리를 주었다. 아빠는 시간과 공간을 초월해 언제 어디에서나 지독한 '우울 바이러스'

를 퍼트린다. 그 전염병에 감염되지 않도록 면역력을 길러야 겠다.

기념사진을 찍고 졸업식을 마쳤다. 아이들은 점심을 먹으러 패밀리 레스토랑에 간다고 자랑했다. 우리 가족도 '패밀리 레스토랑', 일등고시식당으로 가야 한다. 이제 곧 손님들이 몰려올 시간이다. 우리 세 사람은 서둘러 똥차에 올랐다.

"저녁 장사 끝내고 맛있는 거 먹으러 가자."

엄마가 후진을 했다가 주차장을 빠져나갔다. 사람들이 앞길을 가로막자 신 여사가 경적을 울렸다. 깜짝 놀란 아이들이 구시렁거리며 손가락질을 했다. 입 모양을 보니 '똥차'라고 놀리고 있었다.

똥차가 고시촌 사거리를 지났다. 동네 곳곳에 '형법 족집게 특강', '민법 전문가 황당한 교수 초청'이라고 적힌 현수막이 걸려 있었다. 엄마가 유턴을 해서 녹두거리로 들어갔다. 묵직한 가방을 멘 고시생들이 분주하게 걸어 다녔다. 사법고시 1차 시험이 얼마 남지 않아서 고시생들이 가장 바쁠 때였다.

사법고시는 1차, 2차, 3차까지 있는데 아빠는 1차 시험에 몇 번 붙은 적이 있었다. 차라리 1차 시험에서 터무니없는 점수로 떨어졌다면 공부를 빨리 접었을 거다. 2차 시험에서 아슬아슬하게 미끄러져 미련을 버리지 못해 10년 동안 공부를 했다.

"머리는 누구나 비슷해서 사법고시는 운이 중요해."

운이 없다고 주장하는 우리 아빠는 결국 공부를 관두고 엄마와 함께 일등고시식당을 운영하고 있다. 아빠는 운이 없었다고 말하지만 사람들은 아빠를 보며 무능하다고, 머리가 나쁘다고 비아냥거렸다. 아빠도 그 사실을 알고 포기했을 것이다. 하지만 스스로 자신의 무능력을 입 밖에 꺼낸 적은 없었다. 아빠의 마지막 남은 자존심이다.

차가 모퉁이를 돌아 직진했다. 고시원, 고시식당, 고시서점, 고시학원, 고시독서실……. 고시라고 적힌 간판이 거리에 즐비했다. 고시라는 글자가 없는 간판을 찾는 게 더 어려울 정도였다. 어느 순간부터 고시와 공부가 같은 말처럼 느껴져 고시라는 글자만 봐도 눈이 뻑뻑해졌다. 고시는 '고통스러운 시험'의 줄임말 같다.

고시식당은 고시생들에게 밥을 싸게 파는 가게다. 고시생이 아니면 제값을 받는다. 엄마 아빠는 손님 얼굴을 보면 고시생인지 아닌지 단박에 알아차린다. 아빠의 주장에 따르면, 책 속에 파묻혀 사는 사람은 얼굴과 눈빛이 다르다고 한다. 종이 색깔을 닮아 얼굴이 누리끼리해지나 보다. 고시생의 눈빛은 반짝거리지만 피곤해서 퀭할 때가 많다. 텔레비전에서 광고하는 영양제 '우르르'와 '알오나민 실버'를 사 주고 싶을 정도다.

고시원은 고시생들이 모여 사는, 저렴한 여관 같은 곳이다. 우리 동네에는 고시원이 셀 수 없이 많다. 성민이 엄마는 합격고시원 주인이다. 아직 고시원에 들어가 보지 못해 그 안이 궁금하다.

특이한 것은 그뿐만이 아니다. 초등학생이나 중학생이 다니는 학원은 보이지 않고 형법, 민법, 형사소송법을 가르치는 학원이 많은데, 간판에 太學館(태학관), 翰林館(한림관)이라고 한자로 적혀 있다. 이런 간판을 볼 때마다 가슴이 답답해진다. 신미래 여사는 이런 증상을 '공부 공포증'이라고 한다.

동네 서점도 문제가 심각하다. 사법고시 관련 책만 팔아서 서점에 들어가는 순간 머리가 지끈거린다. 동화책이나 만화책, 문제집을 사려면 버스를 타고 신림역까지 나가야 한다. 가까운 곳에 서점이 이렇게나 많은데 웬 고생인지 모르겠다. 이쯤 되면 고시촌은 '고생촌'으로 불릴 자격이 충분하다.

고백하자면 아홉 살 때까지 다른 동네도 고시촌과 비슷한 줄 알았다. 그런데 2학년 겨울방학 때 이모네 집에서 지내다가 아찔한 충격을 받았다. 그 동네는 고시촌과 180도 달랐다. 우리 동네가 독특하다는 것을 그때 처음 알았다. 나도 몹쓸 공부 바이러스에 감염되었던 것이다.

고시촌 대표 똥차가 일등고시식당 앞에 멈추었다.

엄마 아빠는 부리나케 가게로 뛰어갔다. 11시 30분이었다. 12시까지 점심 식사 준비를 끝내야 한다. 엄마 아빠는 동에 번쩍 서에 번쩍 날아다니며 빨간 앞치마를 휘날렸다. 홍길동, 홍길순 남매가 따로 없었다. 혼자 손 놓고 보고만 있을 수 없어 식탁 위에 밥통, 반찬 통, 국 통을 차례대로 올려놓았다. 오늘 점심 메뉴는 돼지고기볶음과 다섯 가지 반찬, 그리고 해물탕이다. 졸업식에 오려고 엄마 아빠는 새벽부터 음식을 준비했다.

라디오에서 12시 정각을 알렸다. 가게 문을 열자 기다리던 고시생들이 한꺼번에 들어왔다. 셀프서비스에 익숙한 손님들은 접시에 먹고 싶은 반찬과 밥을 떠서 식탁에 앉았다.

우리 가게에는 혼자 먹을 수 있도록 창문을 따라 긴 식탁이 놓여 있다. 개인주의 식탁이다. 고시촌에는 개인주의자가 많은데, 혼자 밥 먹고, 혼자 공부하고, 혼자 커피를 마신다. 그리고 걸어 다닐 때도 이어폰을 귀에 꽂고 있다. 아빠도 개인주의자라면 나를 괴롭히지 않을 텐데, 안타깝게도 참견을 즐기는 오지랖주의자다.

이런 '나홀로족'은 책을 보며 밥을 먹고 서둘러 나간다. 그러다가 시험에 '급제'하기도 전에 '급체'해 응급실로 실려 갈 것 같다. 그렇지만 외로워 보이지 않는다. 도도하고, 쿨한 외톨이들이다. 밥을 먹으면서도 공부하는 그들을 고시촌 홍보 대사로 임명하고 싶다.

사람들이 줄을 서서 차례를 기다리고 있었다. 요리 솜씨가 뛰어난 엄마는 고시촌 최고 맛집에 등극하기 위해 장원고시 식당과 치열한 경쟁을 벌이고 있었다.

"고기볶음 더 주세요. 곧 학원 수업 시작하는데 늦으면 큰일 나요."

다들 '얼른, 빨리!' 이 말을 입에 달고 살았다. '얼른빨리병' 에 걸린 공붓벌레들이다. 고시생 곁에 있으면 덩달아 마음이 급해져 서두르지 않으면 바보가 된 것 같다.

물컵을 정리하는데 걸그룹 멤버를 닮은 누나가 들어왔다. 고시생 형들이 누나를 바라보며 감탄했다. 찰랑찰랑한 긴 생머리에 미니스커트를 입고, 몸매가 드러나는 가죽 재킷을 걸

쳤다. 그 옆에 가면 향기로운 화장품 냄새가 날 것 같다. 이어서 훈훈한 외모에 역삼각형 몸매를 자랑하는 형이 들어왔다. 짧은 스포츠머리였지만 우리 아빠와 다르게 잘 어울렸다. 형은 그 누나 옆에 딱 붙어 앉았다.

몇 년 전만 해도 우리 동네를 대표하는 패션이 있었고, '고시촌 룩'이라 불렀다. 한겨울에는 더플코트에 두꺼운 추리닝, 감지 않은 머리를 감추는 털모자가 필수 아이템이었다. 남극에 가서 펭귄과 베스트프렌드로 지낼 수 있을 정도의 강력한 보온성이 장점이었다. 원대 씨가 고시생일 때도 무릎에 구멍 난 낡은 추리닝이 '열공' 고시생의 상징이었을지 몰라도 지금은 아니다. 이제 고시촌에도 새로운 바람이 불었다. 고시생들도 딱 붙는 청바지를 즐겨 입었고, 몸매를 가꾸려고 헬스클럽을 다녔다. 독서실에 갈 때도 비비크림과 선크림을 발라 자신의 품격을 업그레이드했다.

"아줌마, 반찬 더 주세요."

'고시촌 룩'에 머리를 노란 고무줄로 묶어 포인트를 준 누나였다. 유행의 거친 물결로부터 '공부의 성지'를 지키겠다고 맹세한 사람마냥 '고생촌' 전통을 이어 가는 모양이다.

"식자재값이 엄청 뛰었는데 손님들은 더 많이 먹어서 큰일이야."

엄마가 김치를 썰며 한숨을 쉬었다. 지난해부터 재룟값이 올라 엄마의 고민이 깊어졌다. 음식값을 올린 식당도 있었지만 손님이 줄어 문을 닫고 말았다. 고시생들은 값싸고 맛있는 식당이 어딘지 정보를 나누며 그곳으로 몰려갔다. 판사, 검사가 되기 전에 알뜰 주부 9단 수업부터 받나 보다.

"봄 되면 경제가 좋아질 거야. 인심 후하면 단골이 생기니 망하진 않겠지."

아빠의 예상은 늘 틀렸다. 지난해 봄에는 여름이 되면 경제가 좋아질 거라고 했지만 태풍이 불어 채솟값이 엄청 올랐다. 가을이 되자 밀가루와 설탕값이 올라 덩달아 다른 재룟값도 뛰었다. 아빠는 이제 한 달 앞으로 다가온 봄을 막연하게 기다리고 있었다.

1시 50분이었다. 고시식당은 점심 때 보통 두 시간만 손님을 받는다.

마지막 손님이 식사를 마치고 가게를 나갔다. 몸에서 힘이 빠져 의자에 주저앉았다. 축구와 농구를 연달아 한 것보다 더 힘들었고 발바닥이 뜨거웠다. 엄마는 쉬지 않고 바로 가족 식사를 준비했다. 우리 집이 식당인데도 집에 있으면 밥을 제때 못 먹는다.

"아르바이트생 구해야겠어! 기찬이 이제 중학생인데, 공부만 해야 해."

아빠가 종이에 '아르바이트 급구'라고 크게 썼다. 나도 잘 할 수 있는 일인데 알바생을 불러서 돈을 준다고? 어이가 없었다. 지금까지 나는 한 번도 돈을 받은 적이 없었다. 자원봉사를 한 셈이었다. 자원한 적은 없으니 무료 봉사였다. 노동의 대가, 땀방울의 값을 돈으로 환산해 보았다. 수학 공부를 할 때는 숫자가 어려운데 돈 계산을 할 때는 머리에서 불꽃이 튀었다. 오늘 일한 것도 만 원은 될 것이다. 그 돈이면 피시방에서 게임을 즐기며, 컵라면과 햄버거를 섭취할 수 있었다. 노동 착취를 당하는 현실에 가만히 있을 수 없었다.

"알바생 불러서 돈 줄 거면 나한테 오늘 일한 것도 줘야지?"

김을 입에 넣으며 따지듯이 말했다.

"가족끼리 그런 게 어디 있냐? 당연히 도와야지. 알바비 받고 싶으면 밥값 내라."

원대 씨도 머리를 굴렸다.

"그러면 지난 일은 다 잊고 봄방학 동안 내가 알바하면 안 될까? 돈은 딱 절반만 받을게! 아니면 졸업 기념으로 똥폰을 스마트폰으로 바꿔 줘도 좋아."

"성적 우수상을 받았으면 선물로 스마트폰을 사 주겠지만, 상도 못 받았으면서 양심 없는 거 아니냐?"

순식간에 나는 양심 없는 인간으로 낙인찍히고 말았다. 중학교에 가서 성적이 밑바닥으로 추락하면 똥폰족의 삶마저

위협받을 것 같아 현실에 만족하기로 했다.

문득 똥폰을 갖기 위해 투쟁했던 험난한 시간들이 떠올랐다. 아빠는 전자파가 남성에게 미치는 악영향, 집중력 약화, 자원 낭비 등 여러 통계 자료를 보여 주며 휴대 전화를 사 주지 않으려고 핑계를 댔다. 많이 아는 것도 심각한 병이라는 것을 아빠가 증명했다. 그래서 내가 공부를 하지 않는 것이다. 하지만 나는 포기하지 않았다. 휴대 전화의 이로운 점과 친구들의 통화료를 분석한 보고서를 제출해 아빠를 설득했고, 똥폰이라도 '득템'할 수 있었다.

"알바하면서 스스로 용돈 버는 것도 좋지. 지금 가게 형편에 알바생 쓰기 힘들어."

신미래 여사가 식탁에 찌개 냄비를 내려놓았다.

"기찬이도 본격적으로 성적 관리 해야지. 학원도 알아보고."

아빠가 목소리를 높였다.

"학원 가서 공부 잘할 녀석이면 학교에서도 잘하지. 학원비 마련하려고 알바 뛰는 한국 엄마들 대단해. 다들 맹자 엄마를 능가하지."

신미래 여사가 말했다. 아빠는 귀를 한 번 후비고는 밥을 먹을 뿐이었다.

아빠는 고시촌 대표 자린고비다. 시장을 볼 때도 환승 할인을 받으려고 30분 동안 달리기를 한다. 머리도 미용 학원에서 4,000원에 자르는데, 학생들이 실습 삼아 잘라 주기 때문에 맹구가 돼 나타날 때가 있다. 그런 아빠가 아낌없이 돈을 쓸 때가 있으니, 내 책값과 학원비다.

"아빠 소원은 판사님 아버지가 되는 거야. 우리 아들이 식당이나 하는 꼴은 절대 못 봐. 남자가 꿈을 크게 갖고 자신 있게 살아야지."

아빠가 내 어깨를 두드렸다. 심청이 누나를 앞지르는 효자가 되고 싶어도 내 성적으로는 어림없다. 아빠의 말을 듣고 있던 엄마가 숟가락을 식탁에 탁 내려놓았다.

"식당 하는 게 어때서? 나는 돈 많이 벌려고 식당 하는 게 아니야. 고시생들의 건강을 책임지고, 나아가 우리나라 법조계를 지탱하는 데 크게 기여한다는 자부심이 있어."

엄마는 물을 마시더니 혼자서 말을 이어 나갔다.

"당신 공부할 때 돈 벌어 오라고 잔소리 한번 안 하고 난 열심히 일했어. 백화점에서 일할 때 이를 악물고 가게를 열겠다고 다짐했지. 일등고시식당 개업식 날, 기뻐서 얼마나 울었는지 몰라. 그런데 무슨 자격으로 식당을 무시해? 의사, 판사 아니면 꿈도 아니야?"

신미래 여사는 심각한 '공부 공포증' 환자였다. 그 까닭이 있는데, 이야기는 타임머신을 타고 옛날로 거슬러 올라간다.

엄마 아빠는 초등학교 동창으로 어른이 돼 우연히 만나 사귀게 되었다. 아빠는 사법고시에 합격해 '판사 싸모님' 소리를 듣게 해 주겠다고 큰소리를 쳤다. 아빠의 배짱과 자신감에 반한 엄마는 덜컥 결혼을 했고, 이어서 해병대를 능가하는 고난의 행군이 시작되었다. 신혼여행을 생략하고 단칸방에 살면서 백화점 판매원, 식당 아줌마, 화장품 외판원 일을 하며 아빠 공부 뒷바라지를 했다. 잠을 줄여 가면서 부업으로 인형 눈알을 붙이고 머리를 빗겼다. 마늘 까는 일을 할 때는 반지하 방에 매운 냄새가 가득해서 눈을 뜰 수 없었다.

"오해하지 말고 들어! 가난하지만 패기 넘치는 아빠 모습에 반한 거지, 판사 싸모님 소리에는 관심 없었어. 아름다운 고생이라고 할까? 기찬이가 건강하게 잘 자라고 있으니까 내 결혼은 성공한 거야."

젊은 시절 '아름다운 고생'을 너무 많이 해서 친구들보다 왕언니, 이모처럼 보이는 신미래 여사님. 그렇다면 그때 아빠는 무엇을 했을까.

고시생 아빠의 모습, 퀴퀴한 방 안 냄새, 어두침침한 분위기, 장마 때마다 빗물이 흘러내려 얼룩진 벽을 나는 고스란히 기억한다. 아빠는 새벽부터 일어나 책상에 앉아 다섯 시간은 꼼짝하지 않았다. 창문에 두꺼운 검은색 커튼을 치고 스탠드에 불을 켜 집중력을 높였다. 화장실에 갈 때도, 밥을 먹을 때도 손에서 책을 놓지 않는 공부 기계였다.

어릴 때 나는 집에서 떠들지 못했다. 우리 집은 도서관보다 더 조용했다. 입을 다물고 산다는 것은 꼬마에게 가혹한 고통이었다. 어린이 인기 프로그램인 '뽀뽀뽀', '방귀대장 뿡뿡이'를 이어폰을 꽂고 시청한 어린이가 전국에 몇 명이나 있을까. 나는 아직 그때를 '아름다운 고생'이라고 말하지 못하겠다. 다시 떠올리기 싫은 개고생, 생고생의 시절이었다.

초등학교에 입학하자 고민이 생겼다. 텔레비전을 자주 못 봐서 아이들과 유머 코드가 너무 달랐다. 아이들이 뭔가를 흉내 내며 웃을 때 나는 고개를 갸웃거렸다. 더 큰 문제는 어둡고 무거운 집안 분위기에 전염이 돼 아이들과 어울리지 못한다는 것이었다.

2학년 때였다. 아빠가 도서관에 갔을 때 처음으로 친구를 집에 데리고 왔다.

"집에 책이 많네. 그런데 다 재미없는 책들뿐이야."

친구는 호기심이 많아 집 안을 살폈다. 그러다가 벽에 걸린 가족사진을 들여다보았다.

"이 아저씨 너희 아빠야? 도서관 지하 식당에서 라면 먹는 거 자주 봤어."

호빵맨처럼 둔해 보이는 녀석이었는데 예리한 구석이 있었다. 예상치 못한 돌발 상황에 정신이 날카로워졌다.

"잘못 봤을 거야. 우리 아빠 그 시간에 회사에 있지."

더듬거리며 얼버무렸지만 녀석은 자신의 눈썰미를 믿는 눈치였다.

그 이후 친구를 집에 데리고 오지 않았고 아빠와 같이 밖에 나가는 것도 꺼렸다. 학교를 다른 동네로 옮기고 싶었지만 말할 수 없었다. 맹자 선생님 엄마는 아들을 위해 세 번이나 이사를 다녔다는데, 우리 집은 아빠를 중심으로 돌아갔다.

신학기, 가정환경 조사서에 아빠 직업을 무직이라고 쓸 때 너무 싫었다. 유령 회사에라도 다닌다고 쓰고 싶었지만 아빠는 정직했다. 가끔은 거짓말이 필요하다는 것을 몰랐다. 내 자존심 따위는 신경 쓰지 않는 아빠가 끔찍하게 싫었다.

나는 우리 반에서 형편이 가장 어려운 아이였다. 선생님은 학용품을 챙겨 주고, 현장체험학습비를 면제해 주었다. 나를 안타까워하는 아이들의 눈빛도 불편했다. 세상이 나를 불쌍한 아이라고 손가락질하는 것 같아 학교에 가기 싫었다.

그때 나는 봄을 싫어했다. 우리 집은 화창한 봄날이 겨울보다 더 추웠다. 1차 합격자 발표가 매년 4월에 있기 때문이었다. 합격자 발표 직전 팽팽한 긴장감이 감돌아 우리 집은 비상사태였다. 새 학기 적응도 못 해 골치가 아픈데 합격자 발표까지 신경 써야 하는 상황이었다.

3학년 봄이었다. 합격자 명단에 아빠 이름이 없었다. 아빠는 고민 끝에 공부를 포기했고 술만 마시며 지냈다. 마음이 태평양처럼 넓고 깊은 엄마가 아빠를 위로하고 다독였다. 엄마가 반했다는, 아빠의 자신감은 '근거 없는 자신감', 근자감에 불과했다.

엄마는 아는 사람에게 돈을 빌려 일등고시식당을 열었다.

"돈을 빌려 준다는 건 가능성이 있다는 뜻이야. 나만 믿고 따라와."

엄마가 부지런하게 일한 덕분에 1년쯤 지나자 가게가 자리를 잡았다. 아빠의 얼굴에도 여유가 생겼다. 나도 조금씩 자신감을 찾아 5학년 때는 오락부장을 도맡았고, 아이들 앞에 서는 것에 망설임이 없었다. 내 몸에 신미래 여사의 감출 수 없는 끼가 흐른다는 것도 알았다. 엄마가 아빠보다 무기력했다면 우리 집은, 그리고 내 삶은 어땠을까. 상상만 해도 끔찍하다.

라디오에서 오후 3시를 알리는 소리가 들렸다. 점심 식사가 끝나면 엄마와 아빠는 저녁 장사를 준비해야 했다. 그것이 일등고시식당의 변함없는 하루 일과였다.

"여보! 가게 청소 깨끗이 하고 설거지 부탁해. 팔이 시큰거려서 물리 치료 받고 올게."

엄마가 왼손으로 오른팔을 주무르며 물 없이 진통제를 삼켰다.

얼마 전까지 아줌마 두 명이 엄마와 함께 일을 했다. 하지만 로스쿨이 문을 열자 많은 고시생들이 사법고시를 포기하고 고시촌을 떠나 손님이 줄어들고 아줌마들이 차례대로 그만두었다. 그렇게 해서 엄마 혼자 주방 일을 도맡았다. 억척스럽게 일하다가 쓰러질까 걱정이 되었다.

"졸업식 날에도 가게 일 도와주는 기찬이가 1등 효자야. 저녁에 뭐 먹을래? 건강하게 학교 졸업해 줘서 고마워."

"집에서 맛있는 거 해 먹어. 신미래 여사님 요리 솜씨가 최고잖아."

나는 빈 접시를 정리했다.

눈을 떴다. 배에서 '얼른 화장실로 직행하라!' 긴급 명령이 떨어졌다. 커튼 틈새로 가로등 불빛이 들어왔다. 새벽 5시였다. 아빠가 보일러를 몇 시간만 틀어서 집 안이 썰렁했다. 방문을 열었다. 신미래 여사가 계산대에 앉아 두툼한 점퍼를 걸치고 있었다. 불을 켜지 않아 엄마 얼굴 위로 어둠이 내려앉았다. 엄마가 하품을 하며 트럭 열쇠를 챙겼다.

"아빠가 운전할 줄 알면 도매시장 가는 건 아빠 몫인데, 일복이 터졌어!"

"팔 아프잖아. 물건 들어 줄 테니까 같이 가."

"오늘은 살 거 별로 없어. 다음에 같이 가자."

엄마 곁에서 싸한 파스 냄새가 풍겼다. 안방에서 잠꼬대가 들려와 귀를 기울이며 방문을 열었다. 아빠 입에서 피고, 원고라는 말이 자연스레 흘러나왔다. 꿈에서라도 판사가 돼 공정한 판결을 내리는 모양이다. 우스꽝스러운 잠꼬대였지만 웃음이 나기보다는 쓸쓸했다.

아빠는 오랫동안 공부만 해 잘하는 게 없다. 운전면허증도 없고, 전구도 갈아 끼우지 못해 엄마를 불렀다. 길눈도 어두워 고시촌에서 조금만 떨어지면 길을 못 찾아 허둥댄다. 심각한 길치에다 기계치다. 그런 아빠와 묵묵히 살아가는 엄마는 지금도 '아름다운 고생'을 계속하고 있다. 가끔 신 여사님이 세계 4 대 성인 못지않게 위대해 보인다.

엄마가 차에 시동을 켜자 창문으로 환한 빛이 들어와 눈이 부셨다. 고시촌의 아침을 여는 사람은 신미래 여사다.

아침 7시, 세수를 하고 식당에 나갔다.

고시원을 빠져나온 고시생들이 독서실이나 학원으로 공부하러 출발하는 '출공' 시간이라 떠들썩한 소리가 들렸다. 5년 전만 해도 출공 시간이면 거리에 활기가 넘쳤지만 지금은 조용한 편이다. 대신 테이크아웃 커피를 들고 회사로 출근하는 젊은 사람들이 늘어났다. 깔끔한 정장에 하얀 와이셔츠, 그리고 광이 나는 구두를 보면 신선한 아침의 기운이 느껴진다. 집값이 다른 동네보다 저렴한 편이라 회사원, 신혼부부들이 고시생의 빈자리를 채웠기 때문이다. 엄마는 그 사람들을 손님으로 끌어모으기 위해 밥값을 고시생과 똑같이 받았다.

아빠는 자판기 청소를 하고 있었다. 예전에 고시생들은 식사를 마치고 나원대 씨가 운영하는 자판기에서 커피를 뽑아 마셨다. 커피를 두 번이나 채워 넣는 날도 있을 정도로 수입이 짭짤했다. 하지만 지금은 2,000원짜리 아메리카노가 인기다. 커피 자판기는 나원대 씨 전용 커피숍이 되고 말았다.

고시생들이 드문드문 앉아 밥을 먹으면서 뉴스를 보았다. 오늘 아침 메뉴는 토스트와 달걀 프라이, 과일이다. 점심이나 저녁에 비해 먹을거리가 단출한데 식권은 똑같이 한 장을 내야 해 아침에는 손님이 적다. 대부분의 고시생들은 삼각김밥이나 컵라면으로 때우거나 굶는다고 했다.

검사가 꿈인 고시생 누나 앞에 앉았다. 누나는 뉴스에 집중하고 있었다. 뉴스를 보지 않으면 3차 시험인 면접을 잘 치를 수 없단다. 그러니까 지금도 공부 중인 셈이다.

뉴스가 끝나자 누나가 토스트를 한 입 베어 물었다. 사실 누나보다 아줌마가 더 정확한 표현이다. 올해 서른여섯 살. 법대를 나와 10년째 사법고시를 공부하는 '장수생'이다. 시험을 처음 보면 현역, 그다음부터는 재수생, 삼수생, 네 번째부터는 횟수를 세기 미안해 장수생이라고 부른다. 우리 동네에서 "장수하세요!"라고 하면 인사가 아니라 저주였다. 아빠는 장수생을 넘어 '조상님'으로 고시촌을 지키고 있었다.

"시험 언제예요?"

“다음 주 토요일이야. 이번이 마지막이라는 마음으로 공부하고 있어. 떨어지면 로스쿨에도 못 가고 10년 공부한 게 물거품이 되잖아.”

누나의 목소리가 떨렸다.

얼마 전까지는 사법고시에 붙어야 판사가 될 수 있었다. 하지만 이제는 로스쿨을 나와야지만 가능해 몇 년이 지나면 사법고시가 없어진다. 집안 형편이 넉넉한 고시생들은 벌써 로스쿨에 들어갔고, 돈 없는 고시생들은 시험을 포기했다. 그런 모습을 보면서 어른들은 ‘돈 많은 사람만 공부 잘하는 시대’가 왔다고 입을 모았다.

“장학금을 많이 주는 로스쿨도 있잖아요?”

“고시식당 아들 아니랄까 봐 정보에 빠삭하네. 근데 경쟁이 치열해서 장학금 받는 것도 어렵고, 입학비 부담도 만만치 않아. 거기에 생활비까지 들어서 힘들어.”

식사를 마친 누나가 가방을 메고 계산대를 지나갔다. 그때 아빠의 감시가 느슨해진 틈을 타 재빨리 바나나와 우유를 주머니에 넣었다. 빛의 속도였다. 손목 스냅을 부드럽게 움직이는 솜씨가 보통이 아니었다. 완전 범죄에 성공했다고 스스로 축하할 때 나와 눈이 마주쳤다. 나는 불룩한 주머니를 보며 웃었다. 예비 검사님은 태연하게 손을 흔들며 나갔다.

아침 식사를 마치고 어떻게 시간을 때울까 궁리하고 있었다. '열공성민'이 인터넷 메신저로 말을 걸었다. 내 대화명은 '근거 있는 자신감', 근자감이다.

열공성민 ▸ 오늘 뭐 하냐? 우리 집에 놀러와!
근자감 ▸ 엄마 안 계셔? 너희 엄마 무서워! ㅜㅜㅜ
열공성민 ▸ 우리 엄마 고모네 집에 갔어! 점심 먹고 고시원으로 와라.
근자감 ▸ 고시원 구경하고 싶었는데 잘됐네.

점심 장사가 끝났다. 아빠에게 도서관에 간다고 둘러대고 성민이를 만나러 갔다.

고시촌 어귀, 낡은 건물 4층에 있는 합격고시원이 보였다.

〈경축! 지난해 사법고시 다섯 명 합격〉

현수막이 자랑스럽게 바람에 나부꼈다.

성민이가 1층에서 나를 기다렸다. 드디어 고시원을 탐험할 기회가 왔다.

"고시생들 공부하니까 입 열면 안 돼. 걸을 땐 발뒤꿈치 들고 조용히 걸어야 해."

"도서관보다 더 까다롭네. 근데 고시원 이름은 누가 지은 거야?"

"우리 엄마! 합격고시원이라고 해야 고시생들이 많이 온
대."

"고시원 이름이 좋아서 지난해에는 다섯 명이나 붙었네."

"너만 알고 있어야 해. 그거 뻥이야. 우리 고시원에서 합격
한 사람 한 명도 없어."

성민이가 목소리를 낮추더니 특급 비밀이라도 되는 것처
럼 소곤거렸다.

"이름을 불합격고시원으로 바꿔야겠네. 그런데 왜 다섯 명
이라고 적은 거야?"

"그 정도는 돼야 사람들이 많이 오지. 다섯 명이 쓰던 방에
들어오겠다고 예약까지 하잖아."

황당한 상황에 쓴웃음만 나왔다.

아빠가 고시생일 때였다. 엄마는 새해가 되면 용하다고 소
문난 점집을 찾아가서 아빠의 운수를 물었다. 아빠는 돈이 아
깝다고 잔소리를 하면서도 점쟁이의 말에 귀를 기울였다. 점
쟁이는 아빠의 불합격을 예언했을까?

성민이를 따라 고시원 안으로 들어갔다. 한 층에 방이 50개
나 있었고 방문에는 아파트처럼 호수가 적혀 있었다. 4층인
데 호수는 3으로 시작했다.

"4는 한자로 '죽을 사(死)'라고 해서 고시생들이 싫어해. 그
래서 행운의 숫자 3을 붙여. 세 번 안에 시험에 붙으면 운이

대박 좋은 거니까!"

성민이가 비어 있는 305호 문을 열고 불을 켰다.

고시원 방은 우리 집 욕실보다 좁았고 창문이 없어서 낮에도 불을 켜야 했다. 창문이 있어야 할 자리에 환풍기가 달렸다. 영화에서 보니 교도소에도 창문은 있었다. 창문이 없는 방을 난생처음 보아 당황스러웠다. 방귀를 뀌면 숨 막혀 죽을지도 모른다. 창문이 있는 방은 몇 개 없어서 비싸다고 성민이가 말했다. 침대도 작아서 덩치가 큰 형이 누우려면 다리를 반으로 접어야 할 듯했다. 고시원은 공부 감옥이었다.

"여기에서 10년 동안 공부하라고 하면 미칠 것 같은데."

"한 달만 살면 적응돼서 좋대. 차 소리가 안 들리고 불빛이 없어서 잠이 잘 오나 봐. 고시 공부 안 하면서도 고시촌을 못 떠나는, 무늬만 고시생도 많아. 공부 열심히 하는 줄 알고 부모님이 용돈이랑 학원비, 고시원비 계속 보내 주니까 편하잖아."

성민이의 친절한 설명을 들으며 고시원 탐방을 했다. 아무리 살기 좋다 해도 적응 기간 한 달을 못 버티고 도망칠 것 같았다.

목이 말라 물을 마시러 휴게실에 갔다. 휴게실은 텔레비전과 컴퓨터가 있는 공동 주방이었다. 냉장고 앞에 붙어 있는 안내문이 시선을 끌었다.

〈남의 음식을 먹지 마시오! CCTV 녹화 중〉

비밀 금고도 아니고 냉장고 앞에 감시 카메라까지 설치되어 있었다. 판사님이 될 고시생들도 남의 음식을 훔쳐 먹는 모양이다. 아침에 바나나와 우유를 빠르게 챙기던 예비 검사 누나의 능숙한 손놀림이 떠올랐다.

냉장고 문을 열었다. 나란히 놓인 우유 열 통에는 주인 이름과 방 번호가 적혀 있었다. 반찬 통 뚜껑에도 마찬가지였다. 고시생들이 유치원생처럼 느껴졌다.

"옥상에 널어놓은 팬티 훔쳐 가는 사람도 있어."

성민이가 눈살을 찌푸렸다.

고시생 세 명이 식탁에 앉아 말없이 밥을 먹고 있었다. 우리를 봐도 아무도 알은체하지 않았다. 머리가 짧은 형은 불고기조림과 김치를 먹었다. 다른 사람에게 맛보라고 권하지 않았다. 다른 형은 김치도 없이 컵라면만 먹었다. 모두 로봇처럼 기계적으로 꾸역꾸역 음식을 삼켜, 보는 사람이 더 숨 막혔다.

식사를 마치고 설거지까지 끝낸 뒤 형들은 방으로 돌아갔다. 조금 지나자 머리가 살짝 벗겨진 아저씨가 들어왔다. 아저씨는 젖꼭지가 보일락 말락 하는 낡은 러닝셔츠를 입었고 머리는 부스스했다. 수염도 덥수룩해 진짜 고시생다웠다.

"인사 드려. 우리 고시원에 가장 오래 살고 계신 김판사 아저씨야. 올해 판사님 될 거니까 잘 보여야 해.”

성민이가 아저씨를 소개했다. 아저씨가 어깨를 쫙 펴며 넉넉한 미소를 지었다. 가까이 가면 냄새가 날 것 같아 뒤로 반 발짝쯤 물러나 고개를 숙였다.

“기찬이도 판사님 될 거예요! 나기찬 판사님!”

녀석이 실실거리며 놀려 댔다.

“기찬이, 공부 잘하냐?”

어른들은 청소년에게 ‘공부 잘하냐?’라고 묻지 않으면 할 말이 없나 보다.

“중학생 되면 잘할 거예요. 요즘 공부 잘하는 방법을 연구 개발 중이에요.”

“공부 잘하는 방법보다 어떻게 하면 재미있게 학교를 다닐 지 연구하는 게 더 발전적일 거야. 네 나이 때 그걸 연구했으 면 지금 이렇게 살지 않을 텐데. 난 학교 다닐 때 전교 1등만 했어.”

아저씨가 목에 힘을 주었다. 식당 단골 중에도 전교 1등 출 신이 많아 놀랍지 않았다.

아저씨는 서랍장에서 녹두와 쌀을 꺼내 깨끗하게 씻었다.

“공부를 잘하려면 몸이 튼튼해야지. 가난한 고시생들은 컵 라면, 삼각김밥을 먹는데 그러면 오랫동안 공부할 수 없어. 녹두는 몸의 독소를 제거해서 피로를 풀어 주지.”

아저씨는 휴게실을 자기네 집 주방처럼 편안하게 사용했다. 요리 특강에 초대된 요리연구가 선생님 포스였다. 고시원에서 녹두죽을 끓여 먹는 웰빙 고시생은 대한민국에서 아저씨가 유일할 것이다.

"몸에 좋은 음식까지 해 먹으면서 공부는 언제 해요?"

"공부는 100미터 달리기가 아니고 마라톤이야. 몸을 해치며 미친 듯이 공부하면 몇 달 못 버티고 쓰러져. 공부만 그런 게 아니란다. 인생은 천천히 멀리 보면서 사는 거지."

아저씨는 계룡산에서 깨달음을 얻은 도사님의 절친 같았다. 거침없이 잘난 척하는 단점이 나원대 씨와 막상막하였다.

"아저씨가 맨날 음식 해 먹으니까 가스비 많이 나온다고 엄마가 싫어해요."

성민이가 구시렁거렸다.

"사모님 드실 것도 챙겨 놓을게. 사모님이 고민이 많은지 피부가 까칠하던데 녹두죽이 특효약이야."

지금까지 보았던 고시생과 너무 다른 캐릭터여서 아저씨에게 집중하게 되었다.

20분이 지나자 아저씨가 가스레인지 불을 껐다. 녹두죽을 식탁에 올려놓으며 앉으라고 손짓했다. 죽에서 뜨거운 김이 피어올랐다. 아저씨는 숟가락으로 죽을 떠서 망설임 없이 입에 넣었다. 순간 얼굴을 찡그리며 휴게실을 뛰어다녔다. 잠시 뒤, 진정을 한 아저씨는 꼬마처럼 배시시 웃었다.

"아픈 만큼 성숙하는 법이지. 어릴 때 여러 가지 고생 하면서 성장했으면 좋았을 텐데, 공부만 하고 귀하게 자라서 지금 생고생하네. 세상에는 공짜가 없더라."

아저씨는 연극 무대에서 혼자 웃고 울고 연기하는 배우 같았다. 대학동보다 대학로가 더 어울렸다. 아저씨의 말을 듣다 보니 어린 시절 고시생 아빠와 살면서 겪은 일들이 조금은 다르게 다가왔다.

"죽을 먹으니까 뇌가 맑아지는 느낌이에요. 초딩 6년 동안 쌓였던 공부 독소들이 깨끗하게 빠지고 있어요."

너스레를 떨면서 녹두죽을 먹었다. 우리나라에서는 건강 음식이라고 하면 개똥도 보약처럼 팔린다는, 신미래 여사가 한 말이 떠올랐다. 일등고시식당 아침 메뉴에 녹두죽을 웰빙 메뉴로 내놓으면 직장인들과 고시생들이 좋아할 것 같았다.

고시원을 나와 계단을 올라가자 옥상이 있었다. 옥상 난간에 기대어 고시촌을 내려다보니 멀리 신림역에서부터 관악산까지 한눈에 들어왔다. 위에서 내려다본 고시촌은 다른 동네 같았다.

김판사 아저씨가 얇은 점퍼를 입고 서울대학교 쪽으로 걸어가는 모습이 보였다.

"아저씨가 고시원에서 가장 가난해. 핸드폰도 없어! 석 달
치 방세를 밀려서 엄마가 쫓아내려고 벼르고 있어."

성민이가 최악의 상황을 짧게 말해 주었다.

"초딩들도 핸드폰은 필순데 아저씨가 없다고? 구석기 시대
사람이냐?"

"크리스마스이브에도 단무지에 컵라면 먹었어."

예수님은 너무 많은 사람들에게 축복을 주느라 바빠서 아
저씨를 잊은 것일까. 가슴이 답답해서 더 이상 듣고 싶지 않
았다. 운동화 뒤축을 구겨 신고 종종걸음을 치는 아저씨가 몇
년 전 아빠와 많이 닮았다.

"돈도 없는데 녹두랑 쌀은 어떻게 사?"

"시골에서 아저씨네 엄마가 녹두 농사 짓는대. 아저씨 지
금 공부하면서 일할 곳 찾고 있어!"

"우리 가게 알바생 구해. 원래는 내가 일할 건데 양보할게."

아저씨에게 취직 소식을 알려 주고 싶었지만 통신 수단이
없었다. 우리 동네에서는 나이가 많은 아저씨도 공부하며 아
르바이트를 한다. 낮에 알바하고 밤에 공부하는, '주알야공'
파다.

계단을 내려와 성민이네 집으로 들어갔다.

텔레비전 위에 가족사진이 있었다. 성민이 아빠 얼굴을 처
음 보았는데 성민이처럼 얼굴이 좀 컸다. 아저씨는 성민이가

아홉 살 때 교통사고로 세상을 떠났다. 그때 녀석과 나는 우리 반에서 침울한 형제로 통했지만, 친하게 지내지는 않았다. 서로 먼저 말을 걸 용기도 없었던 것 같다.

그 무렵 시험에 떨어진 아빠는 술을 마시다가 피곤하면 커튼을 치고 잠을 잤다. 그 옆에는 빈 술병이 나뒹굴었다. 어두운 분위기와 그 모습이 싫어서 가방만 던져 놓고 고시촌을 돌아다닐 때, 성민이를 만났다. 녀석도 방황하는 중이었다. 우리는 자연스레 집안 이야기를 털어놓게 되었다. 그 뒤, 성민이 엄마는 우리 집 형편이 어렵다는 것을 알고 내 준비물까지 챙겨 주곤 했다.

우리는 마지막 초등학교 방학을 알차게 보내기 위해 치밀하게 연구했다. 이런 노력으로 공부했다면 성적 우수상을 받았을지도 모른다.

"토요일 뮤직스타트 녹화 방송 있대. 프리티소녀, 허리케인, 날라리아, 다 나와!"

녀석이 인터넷 검색을 하다가 일어나서 춤을 췄다. '프리티소녀' 누나들을 떠올리자 심장이 빠르게 뛰었다. 우리는 꼭 가야 한다고 굳게 다짐했다. 문제는 일등고시식당 나원대 사장님과 불합격고시원 주인아줌마였다. 뭐라고 뺑을 쳐야 허락할까. 진짜 고민은 지금부터 시작이었다.

방학에는 시간이 빨리 흘러갔다. 벌써 오후 5시였다. 봄방

학이 눈 깜짝할 사이에 지나가 버릴까 봐 겁이 났다. 시간이
흘러가지 못하게 어딘가에 단단히 묶어 두고 싶었다. 중학교
에 올라가지 않고 영원히 봄방학이면 얼마나 좋을까. 이 시
간이 지나면 공부의 압박이 내 목을 조를 것이다. 그렇기 때
문에 더욱 열심히, 최선을 다해서 알차게 놀아야 한다.

성민이네 집을 나와 계단을 내려갔다. 고시원 앞에서 성민
이 엄마랑 대학생 형이 이야기를 나누고 있었다. 아줌마에게
인사를 했지만 받는 둥 마는 둥 했다. 공부 못하는 나를 싫어
하는 눈치였다.

"우리 고시원에 들어와서 합격한 사람을 손으로 셀 수도 없
어. 다들 사법연수원 성적이 좋아서 서울중앙지방검찰청, 대
법원에 근무하는데 그 앞에 가서 전화하면 뛰어나와서 점심
사 주잖아."

아줌마가 입에 침 바른 소리로 거짓말을 했다. '불합격 괴
담'을 모르는 형은 문 옆에 붙은 합격자 숫자를 확인하며 아
줌마를 우러러보았다. 형의 절박한 마음을 이용하는 아줌마
가 얄미웠다. '판사 된 사람이 한 명도 없으니까 셀 수 없잖
아요!' 형에게 비밀을 털어놓고 싶었지만 예전에 아줌마한테
도움 받은 것이 많아 참기로 했다.

이튿날 오후, 김판사 아저씨가 가게에 왔다. 면도를 하고

머리도 감아 고시원에서 볼 때와 다르게 말쑥했다.

"만나서 반가워요. 점심, 저녁 시간에 설거지만 하면 되고 식사는 가게에서 하세요."

아빠가 고무장갑을 벗고 손을 내밀었다.

"책상에 앉아 있으면 뱃살만 나오는데 운동 삼아 하겠습니다."

아저씨가 뱃살을 흔들며 천연덕스럽게 말했다. 김판사 아저씨는 서른여덟 살이다.

"나도 사법고시 공부하다가 장사하고 있어서 고시생들 어려움을 잘 알죠. 이놈의 사법고시는 운이 중요한데, 올해 몇 번째 시험이죠?"

"횟수는 여자들 몸무게처럼 비밀이잖아요. 그냥 장수하고 있어요. 낯이 익은데 혹시 같은 학원에서 수업 들은 적 있지 않나요?"

"마지막 시험 볼 때는 태학관에서만 수업 들었어요."

"민법 특강 박봉달 교수 강의 맞죠? 제가 선배님으로 모시겠습니다."

운이 없는 장수생, 아니 조상님들끼리 통하는 게 많았다. 이산가족 상봉하듯, 몇 년 전 시험 정보부터 출제 방식, 수강생 합격 소식까지 시시콜콜하게 이야기하며 불합격의 슬픔을 진솔하게 나누었다.

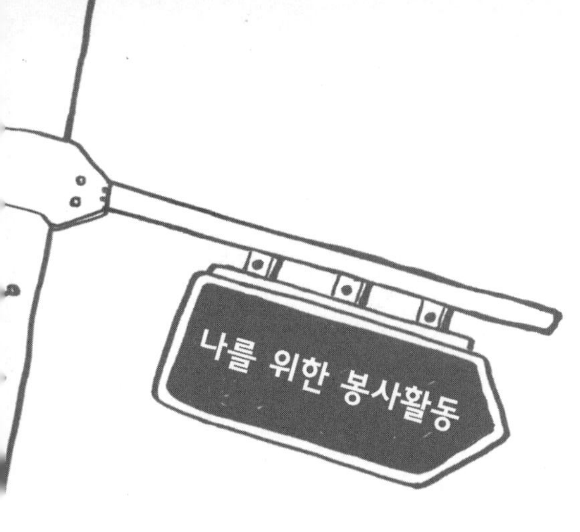

머칠 동안 세운 계획을 실천에 옮겨야 한다. 절대 실수하면 안 된다.

완전 범죄 수칙, 원대 씨를 기분 좋게 만들어라!

아빠는 점심 장사 준비를 하느라 부산스레 움직였다. 주방에서는 물소리, 냄비 부딪히는 소리, 칼질하는 소리가 끊임없이 들렸다. 웬만한 소리로는 아빠 귀에 들리지 않을 것이다. 영어 회화 시디를 틀고 소리를 크게 높인 다음, 영어 문장을 따라 하며 혀를 굴렸다. 뉴요커 '촤~알스'가 부럽지 않은 아침이었다.

책상에 앉아 영어 문제집을 펼쳐 놓았다. 놀러갈 생각에 들떠서 집중할 수 없었다. 이렇게 몇 시간만 참으면 즐거운 오후가 나를 기다린다. 짜릿한 기분에 이 순간이 '아름다운 고생'으로 여겨져 콧노래가 나왔다.

"기찬이가 중학생 되더니 열심히 공부하는구나!"

언제 왔는지 아빠가 내 머리를 쓰다듬었다.

"이 문장 어떻게 읽어?"

"When I was young……, 내가 어렸을 때라는 뜻이야. ……
중학생 될 녀석이 동사, 명사, 형용사를 구분 못 해?"

아빠가 나를 무시하면서 아는 척을 쏟아 냈다. 언제 ing를
붙여야 하는지, to의 용법은 어떻게 되는지, 아빠는 자신의
존재감을 드러내며 몰입하고 있었다. 마지막에는 꼭 "언더스
탠드?" 이렇게 되물었다. 나는 "아하, 그렇구나!" 하고 감탄사
를 뱉으며 깨달음의 미소를 지었다. 연기도 아무나 하는 게
아니었다.

"아빠가 가르쳐 주니까 머리에 쏙쏙 들어오지? 아빠만 한
과외 선생도 없을 거야. 오후에 더 자세하게 알려 줄게."

아빠는 쌀 포대를 들고 방을 나갔다. 갈수록 태산이었다.
이럴수록 침착하게 상황을 판단하고 위기를 극복해야 한다.

"웬일로 공부하는 시늉이야?"

눈치 빠른 신미래 여사를 속일 수는 없었다. 엄마에게 오후
활동 계획을 말했다.

"엄마도 어렸을 때 가수 오빠들 엄청 쫓아다녔지. 용필이
오빠 알지? 그 오빠가 그땐 최고 훈남이었잖아. 엄마가 방송
국 앞에서 오빠부대 활동 좀 했지. 엄마랑 친구들이 오빠부

대를 처음 만든, 선구자야! 오빠부대 조상님뻘이라고나 할까. 오해하지 말고 들어. 절대 사생팬은 아니었어."

오빠부대 조상님은 기분 좋게 용돈을 손에 쥐여 주었다.

점심시간이 끝났다. 아빠는 계산대 옆에 쭈그리고 앉아 텔레비전을 보며 양파를 벗겼다. 커다란 양푼 가득 하얀 양파가 가득했지만 아직도 벗겨야 할 게 산더미였다. 점심 장사가 끝나자마자 커피 마실 겨를도 없이 저녁 장사를 준비하는 나원대 씨.

아빠 손은 퉁퉁 부었고 손등이 갈라졌다. 가운뎃손가락에 붙은 밴드가 물기 때문에 너덜너덜했다. 아빠는 주방에서 매일 불에 데고, 칼에 베여서 밴드를 안 붙인 때가 없었다.

매운 냄새가 알싸하게 풍겼다. 코를 킁킁거리며 얼굴을 찡그리는데 아빠와 눈이 마주쳤다. 미안해서 아빠 옆에 앉아 양파 벗기는 시늉을 했다. 하지만 양파를 까며 부자유친 사상을 실천할 마음은 절대 없었다.

"어깨 좀 주물러 줄래? 겨울이 얼른 지나가야지, 어깨가 너무 쑤시네."

아빠가 식탁 다리에 등을 기대며 손짓했다. 나는 손끝에 힘을 주며 아빠 어깨를 주물렀다.

아빠는 구부정하게 책상에 앉아 긴 시간 동안 공부한 탓에

디스크에 걸렸다. 그 뒤로 소화가 안 돼 위염이 생겼고, 눈도 침침해 신문을 볼 때는 돋보기안경을 썼다. 종합병원이 따로 없었다.

텔레비전에서 오후 뉴스를 하고 있었다. 유명 정치인이 기업으로부터 후원금 명목으로 불법 정치자금을 받아 구속되었다고 아나운서가 말했다. 이어서 변호사가 그 사건에 대해 인터뷰를 했다. 아빠가 리모컨으로 텔레비전을 꺼 버렸다. 가게가 고요해졌다. 그 변호사는 아빠와 같이 공부한 친구였을 것이다. 시간이 흐르면 아빠에게 묻고 싶은 것이 많다. 왜 그토록 열심히 공부했는지, 공부를 포기할 때의 마음은 어땠는지 궁금하다.

목덜미를 누르자 아빠가 시원하다고 했다. 돈을 아낀다며 병원에도 안 가는 아빠. 절약을 즐기는 것은 좋은데 나에게까지 강요하지 않으면 좋겠다. 10분이 지나자 아빠가 그만하라고 손짓했다. 오랜만에 효자 노릇을 했더니 마음이 편했고, 오후 활동도 용서를 받은 듯했다.

책가방을 메고 나갈 준비를 했다. 아빠가 가늘게 실눈을 뜨고 나를 올려다보았다.

"오후에 영어 공부 할 건데 어디 가냐? 공짜 과외니까 성민이도 데리고 와."

"봉사활동 가야 해. 예비 소집 때 선생님이 방학 때는 봉사활동 할 곳이 없다고 미리 해 두면 좋대.”

“하긴 신문에 봉사활동 점수가 중요하다고 나왔더라. 과외는 다음에 해도 괜찮으니까 얼른 가.”

철저하게 계획을 세웠더니 완전 범죄 대성공이었다.

가게를 나와 골목으로 접어들었다. 급제고시학원 앞에 사다리차가 서 있고 5층에 올라간 크레인에 짐이 실려 내려왔다. 한쪽에선 간판을 떼어 냈다. ‘급체’처럼 보이는 큰 간판이 없어지자 허전했다.

급제고시학원에는 어릴 때 기억이 많이 남아 있었다. 아빠가 공부를 마치고 내려오길 기다리며 학원 앞에서 놀았다. 문 앞에 쌓여 있는 법학 수업 홍보 전단지로 딱지를 접다가 경비 아저씨한테 걸려 도망을 간 적도 있다. 법전에 적힌 한자를 읽으면 형들이 귀엽다고 껌, 과자를 줘서 칭찬을 받으려고 더 큰 소리로 아는 척도 했다.

고시촌 곳곳에 어린 시절의 기억이 묻어 있는데, 의미 있는 장소들이 사라지고 있다. 급제고시학원은 원룸 빌딩으로 변한다. 앞으로 회사원들이 더 많이 들어와 원룸촌이 된다고 어른들이 말했다. 휴대 전화 카메라로 간판을 찍고, 고시학원을 올려다보았다. 추억과 작별 인사를 하고 싶었다.

서울대공원 광장에 흥겨운 댄스 음악이 울려 퍼졌다. 고시촌과 완전히 다른 분위기에 빨려 들어갔다. 팬클럽 회원들은 파랑, 노랑, 하양 풍선을 들고 아이돌 가수들을 기다렸다. 김 판사 아저씨 또래의 삼촌부대도 여럿 보였는데, 회사를 땡땡이친 게 분명했다.

"쿨앤핫 차에서 내리고 있대!"

누군가 소리를 지르자 수십 명이 검은색 차를 향해서 몰려갔다. 힘을 합치면 그 차를 들고 도망칠 수도 있을 정도였다. 그때, 흰색 원피스를 입은 '프리티소녀'가 광장 뒷문으로 들어갔다. 프리티소녀는 텔레비전에서 보는 것보다 훨씬 예뻐 심장이 폭발할 지경이었다. 성민이는 인증샷을 찍느라 넋이 나갔다.

무대 정리가 끝나자 뮤직스타트 녹화가 시작되었다. 진행을 맡은 사람은 개그맨 '큰 바위 얼굴', 얼큰이였다. 텔레비전에서 볼 때보다 얼굴이 조금 작았지만 역시 큰 편이었다.

"너랑 많이 닮은 것 같아. 너도 얼큰이잖아."

"얼큰이한테 얼큰하게 맞아 볼래?"

성민이가 주먹을 쥐고 나를 노려보았다.

먼저, 남자 5인조 그룹 '바람의 신'이 무대에 올라왔다. 바람처럼 춤 동작이 빠르고 경쾌했다. 그다음은 '날라리아' 차례였다.

"날라리아! 날라리아! 날라리아!"

함성과 박수 소리에 귀가 아팠다. 많은 사람들의 박수를 받으며 멋지게 춤을 추면 어떤 기분일까. 수학여행 때가 생각났다. 장기 자랑에서 1등을 했을 때도 가슴이 뜨거웠다. 그 뿌듯함을 다시 느껴 보고 싶었다.

마지막으로 '프리티소녀'의 공연이 끝나고 누나들이 무대에서 내려왔다. 사람들을 비집고 뛰어가 수첩을 내밀었다. 경호원들이 달려와서 막았지만 리더 스위티 누나가 사인을 해 주었다. 행동 하나하나가 여신의 몸짓이었다. 악수를 하고 싶었지만 이미 누나는 사라지고 없었다.

공연이 끝나도 뜨거운 분위기는 식지 않았다. 얼큰이 형이 무대에 올라 주머니에서 봉투를 꺼냈다.

"여기 문화상품권이 있습니다. 지금부터 댄스배틀을 하겠습니다. 춤 자랑 하고 싶은 분들 올라오세요. 하나, 둘, 셋."

예정에 없던 이벤트였다. 얼큰이 형이 숫자를 다 세기 전에 나는 성민이 손을 잡고 일어났다. 심장이 빠르게 뛰기 시작해 손으로 가슴을 쓸어내렸다. 청소년 화병과는 다른 짜릿한 증상이었다. 성민이가 마른침을 삼키며 나를 보았다. 총 다섯 팀이 올라왔고 순서대로 댄스배틀을 시작했다.

첫 번째로 올라온 형들은 몸치였다. '누가 누가 더 못 하나'를 대결하는 것 같아 안심이 되었다. 자신감이 생기면서 그제야 관중들이 눈에 들어왔다.

세 번째로 춤을 춘 누나들은 댄스 동아리 출신인지 동작이 딱딱 맞고 능숙했다. 가장 큰 박수를 받아 우리를 움츠러들게 했다. 하지만 겁낼 필요는 없었다.

이제 우리 차례였다. 깊은숨을 내쉬며 무대 가운데에 섰다. 음악이 흘러나왔다. 수학여행 때 인기 최고였던 '더 보이즈'의 반짝반짝 춤을 췄다. 넉 달 만에 추는 춤이지만 음악에 맞춰 몸이 알아서 움직였고 감전된 듯 온몸의 감각이 살아나 찌릿찌릿했다. 오로지 음악만 들렸고 관중들은 눈에 들어오지 않았다.

3분이 지났다. 음악이 멈추면서 사방이 고요해졌다. 이어서 박수 소리가 들려왔다. 어떻게 춤을 췄는지 아무 기억도 나지 않았다. 성민이가 헉헉거리며 내게 손을 내밀었다. 손바닥에 땀이 흥건했다. 발바닥이 뜨거웠고 등줄기로 땀이 흘러 티셔츠가 젖었다. 성민이와 하이파이브를 할 때쯤 머리를 떠난 정신이 제자리로 돌아왔다.

마지막 팀의 춤까지 끝났다. 얼큰이 형이 무대에 올라왔다.

"모두 수고하셨습니다. 박수 소리로 1등을 정하겠습니다. 맨 처음 팀이 춤을 잘 췄다! 박수 주세요."

얼큰이 형이 몸치 형제를 가리켰다. 박수 대신 야유가 들렸다. 세 번째 팀 누나들은 형들로부터 엄청난 박수를 받았다. 1등이 확실했다. 그다음은 우리 차례였다. 상을 받지 못하더라도 참가한 것에 만족해 아무 기대도 하지 않았다. 차분한 마음으로 무대에 서서 박수 소리에 귀를 기울였다. 그런데 예상과 다르게 여기저기에서 휘파람 소리와 함께 큰 박수 소리가 들렸다. 성민이 얼굴이 환하게 밝아졌다. 2등은 우리 몫이었다.

얼큰이 형이 1등 팀과 우리에게 문화상품권을 주었다. 아직도 가슴이 두근거려 추운 걸 느끼지 못했고 귀에서 박수 소리가 맴돌았다.

"어린 친구들이 2등을 했습니다. 대단하네요. 이렇게 녹화를 마칩니다. 오늘 현장의 모습은 다음 주 토요일, 텔레비전에서 볼 수 있습니다. 꼭 채널 고정, 본방 사수! 아시죠?"

얼큰이 형이 장난스럽게 말하며 인사를 했다.

문화상품권은 열 장이었다. 성민이와 다섯 장씩 나눠 가지고 정류장으로 향했다.

"우리 팀 이름으로 '고시촌 보이즈' 어때? 학교에서는 왜 수학, 영어처럼 따분한 과목만 배우지? 춤도 있고 노래도 있고, 즐겁게 배울 수 있는 게 이렇게 많은데!"

성민이가 툴툴거리며 가방에서 가짜 봉사확인서를 꺼냈다. 우체국장 도장까지 스캔해서 진짜 같았다.

"우체국장 아저씨 이름이 변필수, 진짜야?"

"어른스러운 이름으로 골랐어."

녀석에게 사기꾼 재능이 있다는 걸 미처 몰랐다. 잔머리는 역시 나보다 한 수 위였다.

확인서를 들여다보는데 분통이 터졌다. 상도 받았는데 숨겨야 하는 상황이 싫었다. 나쁜 짓을 한 것도 아닌데 왜 거짓말을 해야 하는 걸까. 억울해서 세상을 향해 고함을 지르고 싶었다. 어른들은 공부가 아니면 깡그리 무시한다. '질풍노도의 시기'에 왜 청소년들이 이유 없는 반항을 하는지 알 것 같았다. 질풍노도 어쩌고 하는 건 너무 약하고 부드럽다. 나는 '폭풍반항의 시기'라고 불러야겠다.

문득 봉사활동의 새로운 의미가 떠올랐다. 오늘 이곳에 온 것은 나기찬을 위한 자원봉사다. 6년 동안 학교에서 받은 스트레스를 날려 버리고, 중학교 생활을 열심히 하기 위해서는 이런 시간이 필요했다. 나를 위한 봉사활동은 대성공이었다.

우체국에서 일하느라 피곤한 척 연기를 하며 가게 문을 열었다.

"봉사활동 힘들었지? 얼른 씻고 밥 먹어라."

아빠는 대걸레로 바닥을 닦고 있었다. 봉사확인서를 확인할 틈이 없었다.

주방에 들어갔다. 김판사 아저씨는 끓는 물에 숟가락과 젓가락을 삶아 소독하고 있었다. 뜨거운 김 때문에 눈앞이 흐릿했다. 엄마는 냉장고 구석에 단단히 언 성에를 칼로 뜯어 내고 있었다. 나는 작은 목소리로 김판사 아저씨에게 댄스배 틀의 떨리는 순간을 생중계했다.

"아저씨는 학교 다닐 때 공부만 해서 추억이 없어 아쉬워. 기찬이는 구경도 많이 하고 즐겁게 놀아."

아저씨가 희미하게 웃었다.

식은 부침개를 먹고 방에 들어가서 옷을 갈아입고 있었다. 주방에서 요란한 소리가 들려왔다. 제발 아저씨의 실수가 아 니길 바라며 슬리퍼를 꿰어 신고 주방에 갔다. 나의 소박한 바람은 이루어지지 않았다.

아저씨는 주방 바닥에 주저앉아 있었고 깨진 접시 조각들 이 여기저기 흩어져 있었다. 아저씨 주위로 음식 찌꺼기가 떠 다니는 세제 물이 흥건했다. 엄마가 쓰레받기로 깨진 접시 조 각을 치웠다.

아저씨의 왼손 엄지손가락에서 피가 흘렀다. 계산대에 있 는 구급상자를 가지고 와서 손가락에 연고를 바르고 밴드를 붙여 주었다. 상처는 깊지 않았다.

"식당 일 우습게 봤는데 어렵구나."

아저씨는 창의적으로 사고를 치는 말썽쟁이 알바생이었다. 소금 통에 설탕을 붓고, 김치 통을 냉동실에 넣고, 곰탕에 고 춧가루를 떨어트리고…… 아저씨가 사고를 칠 때마다 내가 난처해졌다. 사람을 소개하는 것은 어려운 일이었다. 먼저 인턴 알바로 채용해 실력을 확인해야 했다. 녹두죽을 끓이는 솜씨가 예사롭지 않아 특별 채용을 한 것이 문제였다. 녹두죽 한 그릇이 뇌물이 된 셈이다.

청소가 끝났다. 아저씨가 고무장갑을 벗고 책가방을 짊어졌다. 아저씨도 아빠처럼 어깨가 살짝 굽었다.

"지금 가서 또 공부하세요?"

"일하느라 공부를 못 하는데 더 열심히 해야 따라잡지."

"힘들게 일하고 밤을 새울 만큼 공부가 재미있어요? 공부 잘하는 약이 있다면 고시촌에서 가장 많이 팔리겠네요."

"그런 약은 있으면 안 돼. 약을 만든 사람만 몰래 먹으면 몰라도 너무 비싸서 돈 없는 사람들은 사 먹을 수 없을걸."

아저씨가 가게 문을 열고 밖으로 나갔다.

골목에는 오토바이 소리만 들릴 뿐 지나가는 사람이 별로 없었다. 시험이 며칠 남지 않아 온 동네가 고시원 같았다. 오늘따라 개 짖는 소리도 들리지 않았다. 개들도 사법고시 날짜를 아는지 짖어 대고 싶어도 참는 것 같았다. 고생촌에서는 개들도 개고생이다.

알람 소리가 요란하게 울렸다. 6시 30분이었다. 눈꺼풀이 무거웠지만 애써 정신을 차렸다. 오늘은 고시촌이 들썩이는 사법고시 1차 시험 날이다. 눈을 비비며 주방에 가서 김밥을 집어 먹었다. 엄마 아빠는 새벽 3시에 일어나 김밥을 싸서 단골 고시생 도시락을 챙겼다.

"이번 사법고시 헌법 문제는 총칙에서 주로 나올 것 같아."

아빠는 장수생과 통화하며 족집게 과외 선생님처럼 예상 문제를 뽑았다. 고시촌에서 불로장생하셔서 사법고시 출제 위원보다 더 빠삭하다지만 적중률은 장담할 수 없다.

아빠가 마지막으로 시험 보던 날이 떠올랐다. 이틀 전부터 오줌이 나오지 않게 하는 약을 먹었다. 전날에는 시험장에 가서 위치와 교통편을 확인하고 일찍 잠자리에 들었다. 하지만 잠을 이루지 못했다. 지친 얼굴로 아침 식사도 하는 둥 마는 둥 하고 시험장으로 향했다. 그날 엄마는 주방에 앉아 기도를 했다. 나는 엄마의 눈치를 보며 오후 5시까지 숨도 제대로 쉴 수 없었다. 그때 일들이 이제는 흐릿했지만 시험 날의 긴장과 초조는 지금도 생생했다.

김판사 아저씨가 먹을 도시락을 챙겨 불합격고시원으로 뛰어갔다. 밖은 저녁처럼 어두웠고 차가운 바람이 불어 몸이 떨렸다. 이상하게 시험 날은 평소보다 더 쌀쌀했다.

불합격고시원 앞에 도착했다. 아저씨가 계단을 내려오고 있었다. 아저씨의 얼굴은 푸석푸석했지만 눈빛이 빛났다. 아저씨에게 도시락과 찰떡파이 세 개를 건넸다. 쫀득쫀득해서 입안에 딱 붙으면 좀처럼 떨어지지 않는 찰떡파이처럼 시험에 붙으면 좋겠다.

점심시간이 끝났다. 일반 손님들이 오지 않았으면 점심 장사는 꽝이었을 것이다. 고시생들이 자리를 비워 한가해진 고시촌을 신혼부부와 커플, 유모차를 끌고 다니는 가족들이 차지했다.

텔레비전 앞에 앉아 개그 프로그램을 보며 뮤직스타트가 방송되는 3시를 기다렸다. 케이블 방송이 나오는 성민이네 집에서 같이 보면 좋을 텐데, 녀석은 지금쯤 터미널에 도착했을 것이다. 오늘이 할아버지 제사고 시골에 내려간 김에 일주일 동안 지낸다고 연락이 왔다. 방송에 처음 나오는 역사적인 순간을 인터넷으로 봐야 하는 내 신세가 처량했다.

"곧 형법 시험 끝나겠네."

엄마가 시계를 보며 기침을 심하게 했다.

"새벽부터 일해서 감기 걸린 거 아니야? 낮잠 자면 좋아질 거야."

"고시생들 시험 보느라 고생했는데 저녁 맛있게 챙겨 줘야지."

엄마가 자판기에서 커피를 뽑아 마시며 기지개를 폈다. 엄마에게 커피는 진통제다.

"텔레비전 오래 보면 전기세 많이 나오고 눈 나빠져! 중학교 입학 전에 공부해야지. 누굴 닮아서 게을러!"

뒷문으로 들어온 아빠가 리모컨을 잡고 있었다.

방으로 들어왔다. 네버엔딩 잔소리가 벽을 넘어 또렷하게 들려왔다. 방음 공사를 부실하게 한 모양이다. 아빠의 목소리가 잠잠해질 때쯤 인터넷에 접속했다. 케이블 방송 홈페이지에 들어가서 방송이 시작되기를 기다리며 오른쪽 귀에만 이어폰을 꽂았다. 왼쪽 귀로는 밖에서 들리는 소리에 신경 써야 한다.

방송이 시작되었다. 얼큰이 형의 목소리를 듣자 녹화 현장의 뜨거운 분위기가 다시 느껴졌다. 소리를 낮춰서 음악을 들으며 몸을 들썩이다 보니 공연이 끝나고 댄스배틀 영상이 나왔다. 한순간도 놓치기 싫어서 시험 문제를 푸는 것처럼 집중했다. '더 보이즈'의 음악이 흘러나왔다. 태어나서 처음으로 방송에 나온 내 모습이 짜릿했다. 춤 동작에만 너무 몰입해 얼굴이 딱딱하게 굳은 것이 흠이었어도 만족할 수 있었다. 엄마와 함께 감상하고 싶지만 밖에는 원대 씨가 지키고 있다. 엄마와 성민이에게 보여 주려고 녹화 버튼을 눌러 컴퓨터에 영상을 저장했다.

뮤직스타트가 끝났다. 다행히 아빠는 방문을 열지 않았다.

〈시골에 잘 가고 있냐? 이 형님이 영상 저장해 놓았음! 기대 만빵!〉

성민이에게 문자를 보내고 컴퓨터를 껐다.

책상에 중학교 교과서가 어지럽게 쌓여 있었다. 수학과 영어는 반 편성 배치고사 성적으로 수준별 이동수업을 한다는 말이 떠올랐다. 배치고사를 잘 보지 못했지만 꼴찌반에 가는 충격적인 일은 없을 거라고 확신했다.

침대에 누워 친구들에게 뮤직스타트에 나왔다고 문자로 자랑을 하고 있었다. 그때, 거칠게 쏘아붙이는 아줌마 목소리가 들려왔다. 일어나기 귀찮아 모른 체하고 있는데 누군가 방문을 열었다.

"봄방학 때 성민이랑 우체국에 봉사활동 갔어? 거기서 뮤직스타트 녹화했냐? 이야기 좀 하게 나와 봐."

성민이 엄마가 소매를 걷어붙였다. 아줌마는 지금쯤 시골에 가고 있어야 하는데 왜 고시촌에 있는 거지? 몸이 뻣뻣하게 굳었다. 아빠가 나를 노려보고 있었다.

완전 범죄가 될 수 있었는데 재수가 없었다. 일이 생겨서 성민이네는 출발 시간을 늦췄고, 성민이가 목욕탕에 간 사이에 아줌마가 텔레비전 채널을 돌리다가 춤을 추며 무아지경에 빠진 우리를 발견한 것이다. 아줌마와 아빠의 눈치를 보며 계산대 옆에 섰다.

"기찬이가 놀러 가자고 꼬드기니까 우리 착한 성민이는 어쩔 수 없이……."

아줌마 얼굴이 붉으락푸르락 변했다.

"기찬이가 억지로 데리고 갔다는 겁니까?"

아빠가 거친 숨을 참는 것이 느껴졌다. 상황이 걷잡을 수 없이 꼬여 갈 때 엄마가 들어왔다. 아줌마는 씩씩거리며 이야기를 되풀이했다.

"아직 몰랐어? 성민이랑 기찬이가 댄스배틀에서 2등 했어! 기특하지."

신미래 여사가 눈치 없이 나를 치켜세웠다. 아빠와 아줌마가 동시에 소리를 질러 고막이 터질 뻔했다.

"기찬이 단속 잘하세요. 성민이 아빠가 일찍 돌아가셔서 우

리 아들은 열심히 공부해야 하는데 같이 놀잖아요. 시골에 제
사가 있어서 버스 타야 하니까 이만 갈게요.”

아줌마가 문을 세게 닫으며 나갔다.

“이젠 거짓말까지 하는구나. 커서 뭐가 되려고 불성실해?”

아빠가 눈을 치켜떴다.

“거짓말한 건 잘못했는데…….”

“아직도 정신 못 차려서. 쯧쯧! 졸업식 때 아빠가 얼마나 창
피했는 줄 알아? 흔한 우등상도 못 받고도 뭐가 그렇게 기분
이 좋았어?”

아빠는 대꾸할 틈도 없이 혼자서 말을 이어 나갔다. 도무지
아빠의 마음을 헤아릴 수 없었다. 내가 하고 싶은 일에 최선
을 다했고, 성과도 있었다. 2등을 했다고 축하는 받지 못할망
정 왜 욕을 먹는지 모르겠다. 담배를 피우거나 술을 마신 것
도 아니다. 물론 거짓말을 한 건 잘못했지만 그럴 수밖에 없
는 상황은 아빠가 만들었다.

“아빠가 어떻게 사는지 보면서도 놀고 싶어? 네가 아빠 명
예를 되살려 줘야지. 쯧쯧!”

아빠는 내 인생을 자신의 것으로 잘못 알고 있다. 체한 것
처럼 가슴이 답답했다. 지금 바로잡지 않으면 앞으로 계속 싸
우게 될 것이다. 하고 싶은 말을 참고 사는, 짝퉁 효자가 될
생각이 전혀 없었다. 그건 청소년 화병의 원인이었다.

“머리가 나쁘면 노력이라도 해야지.”

아빠는 더 심하게 말을 했다. 참아야 한다고 스스로를 타일렀지만 한계에 도달하고 말았다.

“공부, 공부! 지겹지도 않아? 아빠는 운이 없어서 시험에 떨어졌다고 말하지만 사람들은 아빠 머리가 나쁘다고 수군거려. 그래서 사법고시는 절대 안 되는 거래. 아빠 혼자 공부로 실패하면 됐지, 왜 나한테까지 공부하라고 닦달해?”

입을 열자 멈출 수가 없었다.

“아빠한테 그게 무슨 말버릇이야!”

주방에 있던 엄마가 달려왔다. 분위기가 싸늘해졌다. 내가 뱉은 말은 공기 중으로 흔적 없이 흩어졌지만 아빠의 마음에 고스란히 남은 듯했다. 아빠는 부들부들 떨면서 의자에 주저앉았다. 아빠의 가장 아픈 곳을 날카로운 칼로 찌른 꼴이었다. 화를 낼 수조차 없을 만큼 충격을 받은 것 같았다.

시계의 초침 소리가 크게 들렸다. 1초, 2초…… 그렇게 10초가 지났다. 아무도 먼저 입을 열지 않았다. 끓었던 마음이 가라앉으며 몸이 떨렸다. 밥솥에서 김이 빠지는 소리가 계산대까지 들려왔다.

가게 문이 열렸다. 얼음땡놀이를 하다가 누군가 ‘땡!’을 외쳐 준 것처럼 아빠가 일어나서 주방에 들어갔다. 이상한 분위기를 느낀 손님이 헛기침을 하며 텔레비전 소리를 키웠다.

방에 들어와 책상 앞에 앉았다. 책상 구석에 초코파이 상자
로 만든 문구 정리함이 보였다. 그 위에 뽀얀 먼지가 앉았다.
아홉 살, 어린이날이었다. 아빠는 도서관에 갈 준비를 하다가
초코파이 한 상자를 내밀었다. 그것을 사기 위해 사흘 동안
담배를 절반으로 줄였을 것이다. 담배 한 갑, 자판기 커피 두
잔 값이 아빠의 하루 용돈이었다.

초코파이는 맛있었다. 나는 작은 것에 행복을 느끼고 싶었
다. 사법고시가 뭔지도 모르고, 합격하면 어떻게 되는지도 몰
랐다. 거창하고 멋지지 않아도 좋으니 그냥 친구들처럼 살고
싶었다. 판사 아빠보다 월급이 적어도 좋고, 유명하지 않아도
상관없었다. 주말에 함께 놀러 가는 다정한 아빠가 필요했다.
아빠는 나와 생각이 달랐다. 시험에 합격하면 사 달라는 것,
먹고 싶은 것을 다 사 주겠다고 새끼손가락을 걸면서 약속했
다. 아빠는 사법고시에 합격해야 우리 가족이 행복해진다고
비장하게 말했다. 아빠가 사법고시에 합격했다면 우리 가족
은 더 행복해졌을까.

이제 어떻게 할까. 크게 잘못한 것은 없지만 아빠에게 먼저
사과해야 가정에 평화가 올 것이다. 하지만 아빠와 마주 앉
아서 '죄송합니다! 아빠, 사랑해요!' 이런 감동 분위기를 연
기하고 싶지 않다. 드라마에나 나옴 직한 비현실적인 모습이
다. 아빠 편을 드는 엄마도 싫었다. 나를 둘러싼 환경이 모두

싫고 지긋지긋했다.

한참 동안 고민한 결과, 답은 딱 하나였다. 도망치는 것!

결정을 내렸으면 곧바로 실천에 옮겨야 한다. 옷장에서 가장 따뜻한 오리털 점퍼를 꺼내 창밖으로 던졌다. 가진 돈을 모조리 챙기며 마음을 야무지게 먹었다. 일등고시식당으로 다시 돌아오고 싶지 않았다. 그놈의 '일등'이라는 글자에 넌 덜머리가 났다.

휴대 전화는 책상에 놓아두었다. 전화를 가지고 간다는 것은 연락을 해 달라는 뜻이었다. 아니면 위치 추적을 해서 나를 찾으러 오라는 나약한 신호였다. 동이 트는 새벽, 인천 앞바다에서 엄마 아빠를 껴안으며 가족의 의미를 발견하는, 식상한 가출과 질적으로 다르다.

나기찬의 가출은 어린이 화병을 치유하고 건강한 청소년으로 성장하기 위해, 어른들의 도움 없이 몸과 마음을 살피는 웰빙 가출이다. 가출을 하기 전 하늘을 올려다보며 가출의 의미를 알렸다. 훗날 하늘이 내 가출의 역사적 의의를 세상에 알려 줄 것이다.

화장실에 가는 척하다가 뒷문으로 빠져나왔다. 나원대 씨가 쫓아올 것 같아 속도를 냈다. 앞만 보며 달리다가 모퉁이에서 들어오는 차를 발견하지 못했다. 차가 경적을 울리며 급하게 속도를 줄였다. 운전자에게 사과를 하고 또 달렸다.

한참을 달리다가 고시촌 사거리에 멈추었다. 이제 어디로 갈까. 저녁이 되자 날씨가 추워져 어디론가 들어가야 했다. 앞 건물에 피시방이 있었다. 마음이 무거울 땐 게임이 최고다. 피시방에 들어갔다. 자리가 없어서 다른 곳으로 옮겼다. 사법고시를 보는 날에도 피시방은 어김없이 붐볐다. '무늬만 고시생'들이 정액권을 끊고 자리를 잡고 있었다.

옆 건물에 있는 '클릭 피시방' 구석에 앉아 게임을 시작했다. 매캐한 담배 연기에 기침이 나오고 눈이 아팠지만 상관없었다. '미라클스토리 시즌 2'를 오늘에서야 하게 되었다. 이미 아빠한테 찍혔기 때문에 두려울 게 없었다. 게임에 빠져들어 아이템을 얻고 점수가 올라갈수록 아빠의 얼굴이 희미해졌다. 나는 총을 들고 산속을 누비며 적을 찾고 있었다. 짜릿한 긴장에 시간이 흘러가는 것을 느끼지 못했다.

게임이 끝났다. 컴퓨터 작업 표시줄을 보니 8시 30분이었다. 막막했다. 멋지게 웰빙 가출을 했지만 어떻게 해야 그 의미를 살릴 수 있을지 고민이었다.

게임비를 내고 밖으로 나가며 점퍼 모자를 눌러썼다. 아빠가 고시촌 사람들에게 나를 보면 신고하라고 연락했을지 모른다. 나는 지명 수배자처럼 잽싸게 움직였다.

횡단보도 앞에 서 있는데 낯익은 얼굴이 보였다. 김판사 아저씨였다. 휴대 전화가 없어서 아직 아빠와 통화를 못 했을 것이다. 아저씨의 얼굴에 '시험 못 봤어요!'라고 크게 쓰여 있었다. 아저씨가 나보다 더 안쓰러웠다.

"김판사 아저씨!"

사람들은 진짜 판사가 있는 줄 알고 돌아보았다. 아저씨가 가방으로 얼굴을 가렸다.

"푹 자고 싶은데 잠이 안 와. 계속 가슴이 두근거려서 미칠 지경이야."

"식사는 하셨어요?"

"밥 안 먹었는데 같이 떡볶이 먹을래? 아저씨가 쏠게."

정류장 앞, 떡볶이 포장마차에 들어갔다. 떡볶이 2인분, 튀김 1인분을 시켰다.

"김씨, 시험 잘 봤어? 이제 고시촌 탈출해야지. 시험 보느라 고생했으니까 어묵은 공짜야."

아줌마는 장수생들의 상황을 속속들이 알고 있었다. 고시촌은 나를 비롯해 모든 사람들이 탈출해야 하는 감옥이었다.

어묵을 씹으며 오후에 있었던 일을 털어놓았다. 아빠에게 뱉은 심한 말은 그대로 말하지 않고 두루뭉술하게 넘어갔다.

"기찬이처럼 야무지고 당찬 아이가 어른이 되면 크게 성공하더라. 나는 부모님이 모든 걸 해 주셔서 대학 졸업할 때까지 세상 물정을 너무 몰랐어. 기찬이를 보면 내 중학생 때가 떠올라. 지금 이렇게 살 줄 알았으면 그때 신 나게 놀걸! 후회가 돼.”

“그럼 더 열심히 놀아야겠네요. 오늘 시험은 어떠셨어요?”

“글쎄. 늘 어렵지. 시험장을 나올 때마다 인생에서 선택이 얼마나 중요한지 생각하게 돼.”

“아저씨는 왜 사법고시 공부 하세요?”

“주변에서 사법고시에 붙으면 성공한 인생이라고 해서 자연스럽게 고시촌에 들어왔지. 이렇게 시험에서 물먹을 줄 알았나? 잘하는 게 책상에 오래 앉아 있는 것밖에 없어서 장수하고 있어. 사람과 세상을 진심으로 사랑하는 사람이 판사가 되어야 하는데, 그런 마음이 없어서 계속 떨어지는 것 같아. 기찬이는 뭐가 되고 싶어?”

“아직 모르겠어요. 언젠가는 제가 좋아하는 걸 찾을 수 있겠죠. 그때까지는 뭐든 해 볼 거예요. 혹시 웰빙 가출이라고 들어 보셨어요?”

아저씨가 고개를 저었다. 나는 어묵 국물을 마시고 천천히 입을 열었다.

“이제 불량 청소년보다 웰빙 가출 청소년이 많아질 거예요. 제가 모범적으로 웰빙 가출을 해서 선구자가 될 거거든요.”

서울대입구역 근처 찜질방을 순례했지만 혼자서는 들어갈 수 없었다. 나를 초등학생으로 보는 아줌마도 있었다. 동안이 유행이라지만 안 좋을 때도 있었다. 이럴 줄 알았으면 김판사 아저씨를 꼬드겨서 같이 올걸! 후회도 잠깐, 그건 절대 안 된다고 스스로를 야단쳤다. 아저씨도 어른이다. 어른들은 내 마음을 헤아리는 척하면서 계몽적인 이야기로 끝을 맺고 집에 신고 전화를 할 것이다. 나약해지면 웰빙 가출의 의미가 없어진다. 마음을 독하게 먹었다.

휴대 전화를 놓고 왔더니 친구들에게 연락할 방법이 없었다. 친구네 집에서 하룻밤 잘 수 있을 정도의 친분은 쌓고 사는데 번호가 기억나지 않았다. 성민이라도 있으면 좋을 텐데, 녀석은 지금 조상님 앞에서 엄청 혼나고 있을 것이다. 첫 가출을 멋지게 하려고 전화기를 두고 온 게 문제였다. 경험의 중요성을 새삼 느꼈다.

토요일 밤, 서울대입구역 근처는 고시촌처럼 우울하거나 조용하지 않고 대낮보다 밝았다. 술집과 노래방 간판이 정신 없이 번쩍거려 머리가 혼란스러웠다. 전봇대 옆에 토악질을 해 대는 형과 비틀거리며 걷는 누나도 보였다. 술은 어떤 맛일까? 얼마나 맛있으면 저렇게 많이 마시고 정신줄을 놓는 것일까?

횡단보도를 건넜다. 경찰들이 나를 흘낏거렸다. 나는 어깨를 쫙 펴고 당당하게 걸었다. 경찰들은 무심히 지나갔다. 아직 나원대 씨가 가출 신고를 하지 않았다는 뜻이다.

갈 수 있는 곳은 피시방뿐이었다. 점퍼 깃을 세우고 머리를 흐트러트렸더니 두 살은 더 들어 보였다.

으슥한 골목 끝에 있는 피시방에 들어갔다. 험상궂게 생긴 형이 계산대에 앉아 있었다.

"10시 넘었는데 양심적으로 초딩은 너무하잖아. 고딩쯤은 몰라도."

"초등학생 아니거든요. 중학생이에요!"

버럭 소리를 지르고 도망쳤다.

가출해 보니 우리나라 청소년 복지가 얼마나 엉망인지 알 수 있었다. 집이 너무 싫을 때, 며칠 동안 쉬면서 위로받고 생각을 정리할 수 있는 청소년 웰빙 공간이 있어야 한다. 그런

배려도 없이 오로지 공부만 하라는 어른들이 괘씸했다. 처음에는 나처럼 건강한 가출을 시도하지만 어쩔 수 없이 불량 청소년으로 거듭난다는 것을 깨달았다.

밤 11시가 넘었다. 역 근처는 더 놀기 좋은 곳으로 변했지만 나는 갈 곳도 없고, 같이 놀 사람도 없었다. 가출도 친구가 있어야 폼 나게 할 수 있다는 것을 뼈저리게 느꼈다. 솔로 가출은 초라했다. 그래서 가출한 애들끼리 협동해서 더 확실하게 노는 모양이다. 친구가 있으면 웰빙 가출의 모범적인 사례를 만들 수 있을 텐데 아쉬웠다.

바람이 더 차가워져 목덜미가 얼얼했다. 따뜻한 곳에서 자고 싶었다. 하지만 지금 집에 들어가면 절대 안 된다. 먼저 항복하면 아빠의 압박이 더 심해질 것이고 다시는 가출할 수 없다.

정류장 의자에 앉아 벌벌 떨고 있을 때, 고시촌으로 향하는 버스가 도착했다. 버스에 고시텔 체인점 광고가 붙어 있었다. 고시원에 갔을 때 성민이가 한 말이 불현듯 귓가를 스쳤다. '고시원에 빈방이 많고, 밤이면 총무 아저씨도 잔다!' 성민이의 목소리가 하늘에서 들리는 기분이었다. 가출해도 고시촌을 벗어날 수 없는 현실이 슬펐다.

버스에 올랐다. 따스한 기운에 몸이 풀리면서 천국에 온 것 같았다. 곧장 꿈나라로 입국하고 싶었다. 이런 나약한 정신으로 가출을 결심했다니, 한심했다. 다음 가출에 대비해서 평소에 체력 훈련과 정신 무장을 해야겠다.

버스가 급정거하면서 앞자리에 머리를 세게 부딪쳤다. 그새를 못 참고 깜빡 잠들었나 보다. 낮게 비명을 지르며 눈을 떴다. 고시촌이었다. 황급히 벨을 누르고 버스에서 내렸다.

불합격고시원 건물 앞에서 깊게 숨을 들이마셨다. 성민이의 말을 다시 떠올리며 계단으로 올라갔다. 심장이 두근거릴수록 더 단단히 마음을 먹고 고시원 문을 열었다.

입구 사무실에 불이 꺼져 있었다. 늦은 밤이라 아무도 지나다니지 않았다. 305호 방문을 열었다. 문손잡이가 부드럽게 돌아갔다. 얼른 들어오라고 환영하는 것 같았다. 고시원 같은 청소년 웰빙 가출 센터가 있으면 좋겠다고 생각하며 안으로 들어가는데, 갑자기 배가 아팠다.

화장실에서 볼일을 보고 밖으로 나왔다. 이번에는 목이 말랐다.

휴게실은 불이 꺼져 있었다. 창문이 없어서 귀신이 나올 것처럼 캄캄했다. 스위치를 찾으면서 고시원 탐방 때의 기억을 떠올려 정수기의 위치를 가늠하고 있었다. 형광등에 불이 들어왔다. 그 순간 소리를 지를 뻔했다. 하얀 소복을 입은 남자 귀신이 의자에 앉아 나를 노려보고 있었다.

"기찬아, 네가 여기 웬일이야?"

남자 귀신은 김판사 아저씨였다. 낡은 흰색 러닝셔츠가 처녀 귀신들이 즐겨 입는 '귀신 룩', 하얀 소복 같았다.

아저씨는 혼자 소주를 마시고 있었다. 식탁 위에는 도시락용 포장 김밖에 없었다. 시험에 떨어졌을 때마다 며칠 동안 술만 마시던 나원대 씨의 모습과 똑같았다. 아빠는 지금 무엇을 하고 있을까.

아저씨에게 웰빙 가출의 과정과 진행 상황을 털어놓았다. 그러자 아저씨가 내 손을 잡고 317호 문을 두드렸다. 내 사정을 들은 총무 아저씨는 사장님, 그러니까 성민이 엄마한테 걸릴까 봐 걱정이 태산이었다.

"내일 아침 일찍 보낼 테니까 걱정하지 마."

김판사 아저씨가 배짱 두둑하게 말했다. 이 일을 성민이 엄마가 알게 되면 아저씨는 무조건 쫓겨날 것이다. 고시원비도 밀렸는데 좋은 핑곗거리가 생기는 셈이었다.

"식당에 취직시켜 줘서 고마웠는데 이번에 빚을 갚네."

어른의 도움 없이 주체적으로 움직이는 웰빙 가출을 꿈꿨지만 작전상 후퇴였다.

아저씨가 냉동실에서 '골라 먹는 재미'가 많은 아이스크림을 꺼냈다. 서른한 가지 아이스크림 중에서 내가 좋아하는 '엄마는 외계인'과 '슈팅스타'가 가득 들어 있었다. 횡재를 한 기분이었다. 밥숟가락으로 밥 먹듯이 아이스크림을 퍼먹었다. 초콜릿이 식도를 타고 온몸으로 퍼지자 살 것 같았다. 단맛의 힘이었다.

"형, 내 아이스크림 먹으면 어떻게 해요? 엄청 아껴 먹는 건데."

총무 아저씨가 눈을 흘겼다. 아이스크림 통에 '강총무'라고 크게 적혀 있었는데 먹느라 보지 못했다. 이미 아이스크림 통 바닥이 보였다.

"얼른 방에 들어가요. 전기세 많이 나온다고 사장님 잔소리가 장난 아니에요."

총무 아저씨가 얇은 이불을 주었다. 이불에서 노총각 냄새가 풍겼지만 그런 걸 따질 형편이 아니었다.

세수를 하러 세면장에 들어갔다. 화장실과 샤워장 두 칸이 같이 있었다. 사람들이 거의 한꺼번에 몰리는 아침에는 줄을 서야 할 듯했다. 얼굴을 씻는데 누가 화장실에서 볼일을 보는지 역한 냄새가 풍겼다. 군대를 미리 체험하는 기분이었다.

옆에서 세수를 하던 고시생 형이 얼굴을 찡그리며 밖으로 나갔다. 세면대가 막혀서 물이 위로 올라왔다. 총무 아저씨가 와서 긴 철사를 수챗구멍에 넣고 위아래로 쑤셔 댔다. 물이 천천히 빠졌다. 철사를 빼내자 머리카락 뭉치가 올라왔고 썩은 냄새가 났다. 총무 아저씨는 입술을 꾹 다물고 세면장 청소까지 끝냈다. 고시원 일을 하다 보면 공부에 집중할 시간이 없을 것 같았다.

　수건으로 얼굴을 닦으며 복도를 지나갔다. 방문이 열린 곳이 많았다. 거의 모든 방마다 위에 빨랫줄을 매달아 속옷을 말리고 있었다. 고시생들은 새벽 1시가 가까운 시간에도 구부정하게 책상에 앉아 책을 보았다. 아니면 이어폰을 꽂고 컴퓨터로 동영상 강의를 들었다. 이토록 고생하며 왜 사법고시에 합격하려고 하는 것인지 궁금했다. 김판사 아저씨의 말처럼 세상을 사랑해서 봉사하려고 치열하게 공부하나 보다. 사람을 진정으로 사랑하는 고시생이 많아서 안심이 되었다.

　방에 들어가 침대에 누웠다. 이 침대에서 얼마나 많은 고시생이 잠을 잤을까. 그중에 꿈을 이룬 사람은 몇 명이나 될까. 벽은 콘크리트가 아니라 나무판자였다. 컴퓨터 자판을 두드리는 소리, 펜 굴러가는 소리가 들려왔다.

　마침 옆방에서 전화벨이 울렸다. 아주 작은 목소리로 통화를 하는데도 다른 고시생이 벽을 두드렸다. 통화는 잠시 끊겼고, 빠른 걸음으로 뛰어나가는 소리가 들렸다. 절대 입을 열면 안 되는 고시원은 외롭고 답답한 공간이었다. 10년 가까이 공부만 하다가 시험에 떨어져 목숨을 끊는 고시생들이 있다는데, 그 마음을 조금은 알 것 같았다.

　하품이 나왔다. 하루 사이에 너무 많은 일들이 있었다. 잠이 쏟아졌다. 고시원은 차 소리도 안 들리고, 깊은 산속 같아

잠자기 좋았다. 불을 끄고 문을 닫자 한 줄기 빛조차 들어오
지 않았다.

김판사 아저씨가 나를 깨우며 아침이라고 말했다. 하지만
도무지 시간을 가늠할 수 없었다. '칠흑 같은 어둠'이라는 표
현은 창문 없는 고시원 방을 보고 한 말이었다. 눈부신 햇살
과 신선한 아침 공기는 찾을 수 없고, 보일러 열기와 어둠에
갇힌 아침이었다.

3분 카레로 아침밥을 먹고 이제 어떻게 할지 고민에 빠졌
다. 총무 아저씨의 눈치 때문에 고시원을 나가야 했다. 김판
사 아저씨가 일요일에는 일을 하지 않아 관악산 등산을 간다
고 했다. 아저씨의 모자를 빌려 쓰고 따라나섰다.

아저씨의 등산 목적은 운동보다는 공짜로 점심밥을 해결
하는 것이었다. 자신을 '불교 밥신자'라고 소개했다. 종교 화
합을 위해 수요일에는 교회에 가서 과자와 빵을 얻어먹는단
다. 그날은 '교회 빵신자' 역할을 부지런히 해냈다. 아저씨는
고시촌 대표 '공짜 종결자'로 탈모가 더 심해질지 모른다.

관악산에 가는 도중 일등고시식당 골목을 흘낏 보았다. 골
목은 조용했고 가게 앞은 썰렁했다. 손님들이 밖에 줄을 서
서 기다릴 시간인데 오늘은 사람이 없었다. 일요일이고 어제
시험이 끝나서 손님이 없는 것 같았다. 지금쯤 아빠가 경찰

서에 가출 신고를 했을지도 모른다. 고개를 숙이고 사람들이 안 다니는 길로만 걸었다.

30분 뒤 관악산 입구를 지났고, 더 부지런히 걸었다.

불상사는 산 중턱에 있었다. 대웅전 처마에 걸린 풍경이 바람에 흔들렸다. 맑고 경쾌한 소리에 혼란스러운 마음이 가라앉았다. 대웅전으로 들어갔다. 그윽한 향냄새와 양초 타는 냄새가 좋았다. 부처님 앞에 세 번 절을 하고 안을 둘러보았다. 불상 아래에 '사법고시 합격 기원'이라고 적힌, 아직 뜯지 않은 쌀가마가 많이 놓여 있었다.

대웅전을 나왔다. 아줌마들이 석탑 둘레를 돌며 탑돌이 기도를 하고 있었다. 사무실 앞에 붙은 기도 안내문이 보였다. 50만 원을 내면 수능 시험을 보는 11월까지 스님이 정성스레 기도를 해 준다고 적혀 있었다.

절 마당에 서서 아래를 굽어보니 서울 시내가 한눈에 들어왔다. 사람들은 보이지 않았고, 큰 빌딩도 모형처럼 보였다. 숨이 탁 트이며 문득 어제 일이 떠올랐다. 아빠에게 왜 독설을 퍼부었는지 얼굴이 화끈거렸다.

아저씨는 벌써 공양간 앞에 첫 번째로 줄을 서 있었다. 종이 울리자 사람들이 아저씨 뒤에 줄을 섰다. 아저씨가 호들갑스럽게 나를 불렀다. 불교 밥신자는 그릇에 밥을 수북이 담고 갖가지 채소를 넣어 싹싹 비볐다. 그리고 보살님한테 특

별히 부탁해서 참기름까지 넣었다. 밥신자 때문에 얼굴을 들
수 없었다.

"아저씨는 등산이 취미예요?"

나도 참기름 몇 방울을 비빔밥에 떨어트렸다. 고소한 향기
가 퍼졌다.

"공부하느라 바빠서 고시생들은 취미가 없어. 사장님은 취
미가 뭐야?"

아빠는 취미가 없다. 하고 싶은 것도 없겠지만, 있더라도
돈이 아까워 포기했을 것이다.

"아빠가 친구도 만나고 취미 생활을 하면 너한테 공부하라
고 잔소리할 틈이 없겠지? 그런데 나라도 공부를 접으면 실
패했다는 생각에 친구들과 연락을 끊을 것 같아."

아저씨 말이 옳았다. 아빠는 어려운 일이 있어도 부탁할 사
람이 없어서 엄마가 발 벗고 나서야 한다. 공부할 때 만난 친
구들은 판사님이 돼 텔레비전에 나오는데 자신은 식당에서
설거지나 하고 있다며 창피하다고 연락을 끊었다.

밥신자는 밥을 다 먹고 과일과 떡을 챙겨 내 주머니에도 넣
어 주었다. 부처님은 가난한 고시생에게 아낌없이 베풀어 주
었다.

산에서 내려오니 오후 3시였다. 도서관을 지나서 고시촌으
로 들어오는데 식당 단골 장수생을 만났다.

"김 형 일하는 가게가 일등고시식당이지? 오늘 문 닫았어."

"왜요?"

"네가 그 집 아들이지? 엄마가 편찮으신가 봐. 근데 그것보다 더 충격적인 건 장원고시식당 주인이 야반도주했어."

단골 장수생은 도서관으로 들어갔다.

신미래 여사는 웬만한 감기 몸살로는 가게 문을 닫을 사람이 아니다. 쓰러진 건 아닌지 걱정이 되었다.

"사실은 밤에 사장님이 찾아오셔서 네가 집을 나가서 오지 않는다고 걱정하셨어. 같이 떡볶이 먹고 헤어졌다는 말은 차마 못 했어. 그런데 네가 온 걸 보고 총무 핸드폰 빌려서 전화했어. 새벽까지 안 들어오면 경찰에 신고하려고 하셨대."

과일신자가 귤을 먹으며 말했다. 엄마도 아빠와 같이 나를 찾으러 다니느라 몸살이 심해졌나 보다. 어떻게 해야 할지 막막해 허둥거릴 뿐 답을 내지 못했다.

엄마가 걱정이 돼 먼저 가게로 향했다. 저녁 장사를 준비하느라 어수선할 시간인데 가게는 조용했다.

〈개인 사정으로 오늘 장사 안 합니다. 죄송합니다!〉

문 앞에 안내문이 붙어 있었다. 안으로 들어갈 자신이 없어서 전봇대 뒤에 숨었다. 그때 고시생 몇 명이 가게로 몰려들었다. 아빠가 문밖으로 나와 이야기를 나누었다.

"일등고시식당도 도망치는 거 아니죠?"

모자를 눌러쓴 형이 화를 냈다.

"기찬이 엄마가 아파서 오늘만 문 못 열었어요. 내일은 열 겁니다. 안심해요."

아빠가 사과하며 형을 달랬다.

장원고시식당 사정이 궁금해 몸을 숨겨 골목을 벗어났다.

〈죄송합니다. 식자재값이 올라 장사를 할 수 없어요. 가스비를 못 내 가스도 끊겼습니다. 견디다 못해 문을 닫습니다. 염치없지만 손님들의 합격을 기원하겠습니다.〉

장원고시식당 앞에 사과문과 함께 수도와 전기를 끊는다는 독촉장이 붙어 있었다.

"돈 아끼려고 아침밥도 굶었는데, 식권 쉰 장이 휴지가 됐어."

고시생 누나가 사과문을 보며 울먹거렸다.

우리 식당보다 손님이 많아 엄마가 배 아파했던 가게가 하루아침에 문을 닫았다. 경쟁 식당이 없어졌다고 좋아할 일이 아니었다. 우리 가게도 저렇게 될 수 있기 때문이었다. 아빠가 괜히 자린고비처럼 아끼고 또 아낀 게 아니었다.

장원고시식당 골목을 나와 가게로 갔다. 간판 불이 꺼져 있으니 우리 가게도 장원고시식당 못지않게 무거운 기운이 감돌았다. 심호흡을 크게 하고 용기를 내 문손잡이를 당겼다. 아빠는 턱을 괴고 계산대에 앉아 있었다. 아빠 얼굴 위로 짙은 그림자가 내려앉았다. 우물쭈물하다가 주머니에 손을 넣었다. 절에서 밥신자가 넣어 준 떡이 있었다. 떡을 만지작거리다가 계산대 위에 올려놓았다. 아빠가 멋쩍게 웃으며 비닐 포장을 벗겨 떡을 한 입 베어 물었다. 달콤 쌉싸래한 계피 향기가 좋았다.

"배고팠는데, 고맙다."

아빠가 나직하게 말했다. 나는 뒷머리를 긁적거리며 안방 문을 열었다. 엄마는 침대에 누워 잠을 자면서도 기침을 했다. 이마에 맺힌 식은땀을 보니 마음이 묵직해졌다. 엄마에게는 미안했지만 그래도 웰빙 가출을 후회하지는 않는다. 자식도 파업할 수 있다는 사실을 엄마 아빠도 깨달아야 한다.

　신미래 여사가 이틀째 누워 있자 고시촌이 난리가 났다. 아침 식사를 하러 온 손님들이 허탕을 치고 돌아갔다. 식권을 돈으로 바꿔 달라는 고시생도 있었다. 아빠를 형님, 삼촌이라고 부르며 단골처럼 드나들다가 하루 사이에 매정하게 변해 화를 내는 사람도 여럿이었다.

　라면으로 아침을 때웠다. 엄마는 라면이 몸에 해롭다며 절대 먹지 못하게 했지만 지금은 비상시국이었다. 김판사 아저씨가 아침부터 달려왔다. 라면과 달걀만 줄어들 뿐, 달라지는 것은 없었다.

　"음식 재료도 없고, 밥도 안칠 줄 모르니 답답하네."

　아빠가 젓가락을 식탁에 내려놓았다.

　"재료는 시장에 가서 사 오면 되잖아요?"

　아저씨는 선배 장수생, 나원대 씨에 대해 아는 것이 거의 없었다.

"아저씨도 운전 못 해요?"

"면허증은 있는데 스무 살 이후로 운전을 안 해 봐서 골목을 빠져나가기도 전에 사고 날 거야."

아저씨가 트럭 열쇠를 만지작거렸다. 세 남자가 머리를 맞대도 답이 나오지 않았다. 멍하게 앉아 있을 뿐이었다.

성민이는 지금 뭘 하고 있을까? 성민이는 그날 이후 내게 연락을 하지 않았다. 시골에서 어떻게 지내는지 궁금해 몇 번 전화를 걸었지만 전화기가 꺼져 있다는 기계음만 들렸다. 뮤직스타트 사건을 핑계 삼아 아줌마가 성민이를 구박하고 있는 게 분명했다. 녀석은 엄마의 박해를 묵묵히 견디고 있을 것이다.

엄마는 링거 주사를 맞고 잠들었다. 엄마의 자신감 넘치는 목소리가 들리지 않아 가게가 산사처럼 고요했다. 아빠는 계산대에 우두커니 앉아 생각에 잠겨 있었다. 밖에서 시끄러운 소리가 들려도 전혀 움직임이 없었다. 살다 보니 공부하라고 닦달하는 아빠의 까칠한 목소리가 그리울 때가 있었다. 집안 분위기가 침울해서 왠지 공부라도 열심히 해야 할 것 같아 책상에 앉았다. 하지만 안타깝게도 사람은 쉽게 변하지 않아 수학책을 펼치자마자 잠이 쏟아졌다.

점심시간이었다.

"라면은 지겨우니까 카레 먹자."

아빠가 비닐봉지에서 3분 카레를 꺼냈다. 혹시나 하며 짜장면을 기대했지만 원대 씨는 힘든 상황에서도 자신의 캐릭터를 지켜 나갔다.

밥솥 뚜껑을 열었다. 밥통에 밥이 없었다. 군데군데 붙어 있는 밥풀에는 초록색 곰팡이가 피기 시작해 옅은 쉰내가 풍겼다. 얼굴을 찡그리며 밥통을 꺼내 식탁 위에 올려놓았다. 아빠도 실망한 눈빛이었다. 나는 짜증이 나서 밥통을 구석으로 힘껏 밀었다. 밥통이 벽에 부딪치며 요란한 소리가 퍼져 나갔다.

아빠는 식당에서 3년이나 일했으면서 가장 기초적인 밥도 할 줄 몰랐다. 아빠를 보고 있으면 답답해서 속이 터질 지경이었다. 공부하라고 잔소리할 시간에 생활에 필요한 기술 하나라도 배우면 좋겠다. 무기력하게 한숨만 쉬는 아빠를 보며 절대 아빠처럼은 살지 않겠다고 다짐했다.

손 놓고 있으면 또 라면을 먹어야 하는 상황이었다. 아빠 앞에서 보란 듯이 김이 올라오는 밥을 먹고 말 것이다. 엄마가 어떻게 밥을 했는지 차근차근 떠올려 보았다. 먼저 밥통을 깨끗하게 씻고 행주로 잘 닦았다. 그다음 큰 양푼에 쌀 세 컵을 넣고 씻었다. 여기까지는 누구나 할 수 있다. 물을 맞추는 것이 어려웠다.

밥통을 들고 안방으로 갔다. 엄마는 침대에 기대어 앉아 있었다.

"밥할 건데 물을 얼마나 넣어야 해?"

"손등 중간까지 물이 올라오면 돼. 엄마 대신 밥까지 하는 우리 아들이 최고야."

엄마가 내 손등을 보며 중간 조금 위쪽을 가리켰다.

"엄마, 그날 일은 정말 미안해! 나도 어쩔 수 없었어."

"아무리 화나도 가출하면 안 돼. 고민이 있을 때 혼자 끙끙 앓고 있는 건 엄마를 배신하는 거야."

엄마가 희미하게 웃으며 다시 침대에 누웠다.

주방으로 돌아와 밥통에 물을 붓고 취사 버튼을 눌렀다. 밥솥에 빨간 불이 들어왔다. 빨간 불이 희망의 상징처럼 느껴졌고, 더운밥을 먹을 수 있다는 기대에 뿌듯했다. 나는 원치 않았지만 일일 주부 체험을 하고 있었다.

20분이 지나자 밥솥에서 뜨거운 김이 피어올랐다. 싸늘했던 주방이 후끈거리며 따스한 기운이 가게로 퍼졌다. 아빠가 구수한 밥 냄새를 맡으며 입맛을 다셨다. 조금 더 지나자 빨간 불이 노란 불로 바뀌며 밥 짓기의 성공을 알렸다. 밥 냄새에서 엄마의 향기가 느껴졌다. 뜸이 드는 밥솥을 보며 스스로가 대견해 뭉클해졌다. 마음먹고 도전하면 뭐든 충분히 해

낼 수 있다는 자신이 생겼다.

아빠는 큰 그릇에 밥을 가득 담고 카레에 비벼 맛나게 먹었다. 밥은 질었지만 먹을 만했다.

"밥 정말 맛있어. 기찬이가 효도하네."

느닷없는 칭찬에 귀가 간지럽고 팔뚝에 닭살이 돋았다. 내 귀는 아빠의 네버스톱 잔소리에 길들여져 있었다.

"아빤 네 자신감이 부러워. 기찬이가 아빠를 닮지 않아 다행이야."

"굶어 죽을 수는 없잖아. 쌀 씻고 물만 맞추면 되니까 누구나 할 수 있어."

겸손하게 말하고 싶었지만 넘치는 '근거 있는 자신감'을 숨길 수 없었다.

"아빠는 취미가 뭐야?"

"취미는 한가한 사람들이나 즐기는 거야. 가게에 매여 있어야 하고 돈도 많이 들어서 하기 힘들어."

"베스트프렌드는 누구야?"

아빠가 리모컨으로 텔레비전 전원을 켜고 소리를 높였다.

"돈 안 드는 취미가 얼마나 많은데! 밥신자 소개시켜 줄 테니 같이 등산 다녀. 아님 엄마한테 요리를 배우면 이럴 때 아빠가 밥할 수 있잖아."

"내 친구들은 지금 판사, 검사야. 사법고시 1차 합격자에 몇 번이나 이름을 올린 나원대가 주방에서 솥뚜껑 운전이나 하라고?"

아빠는 눈동자가 튀어나올 정도로 눈을 부라렸다. 부자간에 이야기꽃을 활짝 피우나 했는데 얼마 못 가 꽃샘추위가 몰아쳤다.

식사를 마치고 아빠는 설거지를 했다. 행주로 식탁을 닦는데, 의자에 올려놓은 아빠 휴대 전화가 울렸다. 전화기를 집어 아빠에게 건네주며 액정 화면을 보았다. 건물 주인아저씨였다. 발신자를 확인한 아빠의 얼굴이 소나기가 퍼붓기 직전처럼 흐려졌다. 받지 않으니 한참 울리다가 멈추었다. 이어서 또 전화벨이 울렸다. 얼른 받으라고 화를 내는 주인아저씨의 목소리가 들리는 기분이었다. 마지못해 아빠가 전화기를 들고 밖으로 나갔다.

10분이 지나도 아빠가 들어오지 않았다. 뒷문을 조용히 열고 밖을 내다보았다. 아빠가 쭈그리고 앉아 통화를 하고 있었다.

"월세가 두 달 밀렸어. 300만 원 빌려 주면 날짜 지켜서 꼭 갚을게. ……그래, 너도 어렵지. 이런 부탁해서 미안하고 다음에 얼굴 보자."

아빠는 침통한 표정으로 전화를 끊었다. 그 모습을 지켜보는데 찬 바람이 몰아치듯 가슴이 싸늘했다. 가게 형편이 이렇게 어려운지 미처 몰랐다. 아빠는 전화기를 들여다보며 돈을 빌려 줄 만한 사람을 찾고는 어렵게 통화 버튼을 눌렀다.

"건웅이 핸드폰 아닌가요? 죄송합니다."

"문유경 씨 아니세요? 실례했습니다."

아빠는 뜨거운 햇볕이 내리쬐는 운동장 한가운데 서서 벌을 받는 학생 같았다. 막막한 표정을 짓는 아빠 얼굴 위로 짙은 그림자가 내려앉았다. 너무 쓸쓸해 보였다. 나는 아무것도 도와줄 수 없었다. 잘난 척하고 으스대는 모습이 아빠에게는 더 잘 어울렸다.

아빠는 슈퍼에서 담배를 사다 피웠다. 담배를 끊은 지 1년쯤 지났는데 다시 피우는 것이다. 담배 연기가 아빠의 깊은 한숨처럼 보였다. 아빠는 공부를 하다가 집중이 안 될 때, 시험에 떨어졌을 때 골목 구석에 쭈그리고 앉아 줄담배를 피웠다. 그때가 떠올라 내 마음도 어지러웠다.

문을 열고 밖으로 나갔다. 아빠가 다급하게 담배를 끄고 손으로 연기를 날려 보냈다. 연기는 공기 중으로 사라졌지만 냄새는 여전히 남았다. 아빠의 고민도 담배 연기처럼 흔적 없이 사라지면 좋겠다.

"갑자기 담배가 그리울 때가 있어. 아무 일도 없으니까 걱정하지 마. 내일부터 엄마도 일할 수 있다고 하네. 이제 아빠가 더욱더 열심히 일할 테니까 우리 아들은 자기 몫만 잘해 줘.”

아빠가 애써 환하게 웃으려고 노력했지만 그런 모습이 더 안쓰러웠다.

〈내일부터 다시 장사합니다. 더 정성을 다하겠습니다.〉

아빠가 가게 앞에 안내문을 붙였다.

중학교 입학식 아침이다.

교복을 입고 거울 앞에 섰다. 엄마는 키가 자라고 몸집이 커진다며 치수가 큰 교복을 골랐다. '꽃중딩'이 되고 싶은 건 아니지만, 최소한의 유행은 따라야 하는데 엄마의 패션 감각은 올드했다. 이 부분에서 넘을 수 없는 세대 차이를 느꼈다.

아빠가 넥타이를 매어 주었다. 나원대 씨의 헤어스타일을 보며 나는 안도감을 느꼈다. 사소한 반항을 하지 않았다면 중학교 신입생이 아니라 해병대 신병처럼 보일 뻔했다. 어제 미용실에 가는데 아빠가 쫓아와서 스포츠머리로 잘라야 한다고 고집을 부렸다. 청소년 화병 증상이 나타나는 순간이었다. 아빠는 석 달 동안은 미용실에 안 가도 될 정도로 짧은 스포츠머리를 좋아했다. 나는 절대 안 된다고 버텼다. 폭풍반항을 할 때라는 것을 예감했다.

"기찬이 머리숱이 많으니까 덥수룩해 보여. 조금 자르고 숱 많이 치면 돼."

미용실 아줌마의 절충안 덕분에 우리 부자는 가까스로 일촉즉발의 위기를 피할 수 있었다.

성민이에게 학교에 같이 가자고 문자를 보냈지만 답이 없었다.

입학식이 끝나고 1학년 3반 교실로 들어갔다. 성민이와 같은 반이었다. 대학동 초등학교를 나온 녀석들이 제법 보였지만 모르는 얼굴이 더 많았다. 남자 녀석들만 있어서 삭막하고 서먹서먹했다. 교실 분위기가 살벌해 싸움이 붙으면 험악해질 것 같았다. 그럴수록 애교 넘치는 여자아이들의 목소리가 그리웠다. 사방을 둘러봐도 거무튀튀하고 아름답지 못한 얼굴들만 보였다.

"시골에서 어떻게 지냈어? 엄마한테 엄청 혼났지?"

네버엔딩 수다를 떨기 위해 성민이 옆에 앉았다.

"거짓말하고 뮤직스타트 녹화장에 간 우리 잘못이잖아."

성민이가 책가방에서 책을 꺼내며 말했다.《중학생이라면 목숨 걸고 읽어야 하는 단편소설》이라는, 제목이 살벌한 책이었다. 책을 너무 싫어해 만화책도 읽지 않는 녀석이 책을 가져와서 의아했다. 나는 만수무강하고 싶어 그 책을 읽을 생각이 전혀 없었다.

"베개로 쓰려고 챙겨 온 거야? 중학생 되더니 철저하게 준비하네."

장난스럽게 말하며 책장을 넘겼다. 그림이 하나도 없고, 글자만 있는 리얼한 소설책이었다.

"시골집에 인터넷이 안 되니까 심심해서 마을문고에서 책을 빌려다 읽었는데 재미있었어."

'독서 소년'은 시끄러운 분위기에 휩쓸리지 않고 소설의 바다를 헤엄치기 시작했다. 굳게 다문 입과 초롱초롱 빛나는 눈빛에 더는 말을 시킬 수 없었다. 머쓱해진 나는 휴대 전화로 게임을 했다. 그 소리가 거슬리는지 성민이가 눈총을 주었다.

잠시 뒤 짧은 스포츠머리를 한, 무뚝뚝하게 생긴 남자 선생님이 들어왔다. 휴대 전화를 주머니에 넣고 앞을 바라보았다.

"집중해서 들어. 담임을 맡게 된 박성탁이고 사회를 가르친다. 중학교는 초등학교랑 많이 다르니까 모든 것에 집중해! 야, 거기! 떠들지 마!"

담임의 날카로운 말투가 어색한 교실을 급속 냉동실로 만들었다. 담임은 학교생활에 대해서 이야기하며 교탁을 두드렸다. 피부처럼 성격도 까칠해서 '까칠박'이라는 별명이 제격이었다.

수업 시간마다 선생님이 바뀌는 것부터 초등학교와 많이

달라 다른 세계에 온 것을 실감했다. 교실에 선생님 책상이 없다는 것이 무엇보다 낯설었다. 우리를 감시할 사람이 없어 자유로울 것 같았다. 중학교 생활에 대한 두려움과 호기심이 반반씩 마음에 자리 잡았다.

"집중해서 들어. 임시 반장 할 사람?"

담임이 임시 출석부를 뒤적였다. 그때 "문자 왔어용! 문자 왔어용!" 뜬금없는 소리가 두 번이나 들렸다. 아이들이 키득거리며 나를 보았다. 깜짝 놀라 주머니 안에 있는 전화기를 꺼냈다.

〈천사 대출 김미현 대리입니다. 고객님은 무이자로 500만 원까지 대출 가능합니다.〉

첫날부터 재수가 없었다. 천사를 닮은 김미현 대리님 덕분에 나는 임시 반장이 되었다.

청소가 끝나 교무실에 갔다. 초등학생 때는 교무실에 갈 일이 없었는데 중학생들은 수시로 들락거렸다. 까칠박 책상은 교무실 가운데에 있었다. 담임은 가정환경 조사서와 자기소개서, 학업 안내문 등 유인물을 챙겨 주었다.

묵직한 유인물 뭉치를 들고 교무실을 나왔다. 교실로 걸어가며 학업 안내문을 읽어 내려갔다. 수준별 이동수업에 관해 자세하게 적혀 있었다. 빵셔틀, 왕따 못지않게 무서운 '시험 셔틀'이 기다리고 있었다.

개학을 하고 며칠이 지났다.

아침부터 녹두거리를 정신없이 뛰어 내려갔다. 지금 횡단보도를 건너면 지각은 아니었다. 초조하게 휴대 전화로 시간을 살피며 모퉁이를 돌아 큰길에 들어설 때 신호등이 빨간불로 바뀌었다. 까칠박이 떠올라 조급해졌다. 너무 철저한 성격이라 입학식 이튿날부터 지각한 사람을 확실하게 응징했다. 환경미화에서 1등을 하겠다며, 지각한 녀석들에게 철 수세미를 나눠 주고 바닥에 찌든 때를 밀라고 시켰다. 며칠 뒤, 황토색 바닥이 베이지 색으로 변했다. 오늘 지각하면 어떤 일에 강제 동원될지 벌써부터 어깨가 뻐근했다.

운 좋게 지각 1분 전에 교실에 도착했다. 거친 숨을 몰아쉬며 재킷을 벗었다. 몸에서 후끈한 열기와 땀 냄새가 풍겼다. 수학 문제집을 풀던 성민이가 콩콩거리며 창문을 열었다. 난데없는 찬 바람에 기침이 나오고 몸이 떨렸다. 하는 짓이 얄미워 녀석에게 쏘아붙이려는데 까칠박이 들어왔다.

첫 수업은 사회였다.

"정신 집중! 숙제 검사할 거야. 중학교에 들어와서 처음 하는 숙젠데 대충대충 하면 버릇돼. 숙제 안 한 사람, 컴 온!"

까칠박이 출석부 끝으로 교탁을 두드렸다. 임시 시간표라 수업이 자주 바뀌어 선생님들도 숙제 낸 것을 잊을 때가 많았다. 어수선한 분위기라서 숙제를 대수롭지 않게 여겼다. 그런데 까칠박은 남달랐다.

의자 움직이는 소리가 이어졌다. 숙제 안 한 아이들이 많아 다행이라고 여기며 옆을 보았다. 성민이가 가방에서 공책을 꺼내 책상에 펼쳐 놓았다.

"집중해서 귀담아 들어. 너희는 이미 경쟁에서 뒤진 거야. 처음에 확실하게 잡아야 하니까 수행평가 1점 감점할 거고, 숙제를 두 배로 해 와."

까칠박은 꼼꼼하게 숙제 검사를 해서 베낀 녀석들까지 잡 아냈다. 모든 일에 집중하는 성격은 본받을 만했다.

"베끼는 짓은 지식 도둑질이야. 운이 좋아서 걸리지 않길 바라는 건 너무 야비하잖아. 남을 속일 수는 있지만 자신은 속일 수 없어."

까칠박은 핏대를 세우며 우리를 몰아세웠다. 입만 열면 '한 국 교육의 아버지' 같은 말씀만 했다.

"성민이가 숙제를 가장 잘했어. 다들 본받아서 이렇게 하 길 바란다."

까칠박이 성민이의 공책을 보면서 어느 부분이 좋은지 칭 찬하자 녀석이 얼굴을 붉혔다.

녀석이 변했다! 초등학생 때 우리는 숙제를 베끼던, 초고 속 인간 복사기였다. 그런 녀석이 솔선수범해서 숙제를 했다 는 것이 믿기지 않았다. 중학교에 올라와 새로운 마음으로 숙제를 할 수도 있다. 그렇다면 베끼라고 공책을 보여 줘야 베스트프렌드다운 자세가 아닐까.

수업이 끝났다.

"종례 시간에 이동수업 반 배정 결과를 알려 줄 거야."

까칠박이 교실을 나갔다. 성민이가 교과서와 공책을 서랍에 넣었다.

"웬일로 숙제를 했냐?"

"이제는 중학생인데 초딩 때랑은 다르게 살아야지."

녀석은 내친김에 전교 1등까지 할 셈인지 쉬는 시간에도 수학 문제집을 풀었다. 교실이 시끄러웠지만 집중하며 허리를 90도로 세워서 범생이 자세를 유지했다. 녀석은 대한민국의 미래를 이끌어 갈 의젓한 청소년이 되었는데 나는 아직도 푸르른 5월 5일을 손꼽아 기다리는 '초딩 마인드'에서 벗어나지 못한 찜찜한 기분이 들었다.

청소 시간이었다. 가정환경 조사서를 걷어서 교무실에 갔다. 까칠박이 보이지 않아 두리번거렸다. 구석에 있는 교감선생님 자리에 선생님들이 차렷 자세로 서 있었고, 호통치는 소리가 들렸다.

"겨울방학 연수 과제를 인터넷에서 그대로 베끼면 어떻게 해요? 특히 박 선생은 오탈자까지 똑같아요. 읽어 보지도 않고 문장 복사해서 한글 문서에 붙여 넣었죠?"

"죄송합니다. 변명할 말이 없습니다."

까칠박 목소리였다. 너무 집중해서 베끼느라 오탈자까지 고스란히 옮긴 모양이었다. 숙제 검사를 할 때 베끼는 짓은 야비한 도둑질이라고 외치던 사람이 맞나 싶었다. 그 말을 할 때 담임은 유체이탈 중이었을까. 인간 복사기, '카피박'이라는 별명이 더 어울렸다.

종례 시간이었다. 까칠박은 입바른 소리를 하며 아이들을 혼냈다. 하지만 이젠 담임의 말이 귀에 들어오지 않았다. 담임의 비리를 까발리고 싶어 입이 근질근질할 뿐이었다.

"이동수업 반 배정 결과를 말할 거야. 집중해서 듣고, 자신의 수준을 파악하기 바란다."

까칠박이 교무수첩 사이에 껴 있는 서류를 꺼냈다. 담임이 입을 열 때마다 탄성이 흘러나왔다. 내 차례가 되었다. 까칠박의 입 모양만 뚫어지게 보았다.

"나기찬, 수학 D반, 영어 A반, DA!"

수학이 꼴찌반이었다. 믿기지 않았다. B반인데 까칠박의 발음이 안 좋아 D라고 들렸을 것이다. 손을 들자 까칠박은 큰 소리로 D라고 말했고, 뒤에서 비웃는 소리가 들렸다.

"박성민 수학 A반, 영어 C반, AC!"

담임 특유의 거친 발음 때문에 '에이씨'가 욕처럼 들렸다.

아이들이 그 발음을 따라 하며 장난을 쳤다. 성민이는 티 안 나게 안도의 한숨을 내쉬었다. 사회 숙제 검사 이후부터 성민이가 신경 쓰였다. 영어가 녀석보다 상위권 반이었지만 수학이 꼴찌반이라서 한참 뒤처진 기분이었다. 혈맹을 맺은 베스트프렌드인데 오늘은 뭔가 석연치가 않았다.

엄마 아빠 얼굴이 떠올랐다. 참담한 결과를 알릴 자신이 없었다. 집안 형편도 안 좋아 가뜩이나 고민에 휩싸인 엄마에게 너무 미안했다. 아빠는 쯧쯧, 혀를 차며 그럴 줄 알았다고 비아냥거릴 것이다. 나야말로 '에이씨!'를 외치고 싶었다.

종례가 끝나 친구들과 교실을 나왔다.

"피시방에서 팀플레이 한판 어때? 아니면 축구 할까? 옆 반 친구한테 축구공 빌리면 돼."

현관에서 운동화를 신으며 말했다. 엄마 아빠를 볼 자신이 없어 집에 늦게 들어가고 싶었다.

"엄마랑 학원 등록하러 가기로 했어. 학원 종합반 시작하는 날이야."

성민이가 시큰둥하게 말하자 다른 아이들의 반응도 미지근했다. 뮤직스타트 사건 이후 성민이는 '엄마와 엄청 친한 아들', 엄친아가 된 것 같았다.

"떡볶이 먹고 갈래? 짱구분식 아줌마가 나한테는 엄청 많이 주거든."

"나도 오늘 공부방 등록하러 가야 돼. 엄마한테 수학 B반이라고 문자 보냈더니 주말에는 공부방에서 수학 특별 수업을 받으래. 학원도 지겨운데 미치겠어. 근데 나기찬, 수학 D반인 너야말로 학원 다녀야겠네."

덩치가 곰 같은 녀석이 걱정하듯 말했다. 나를 얕잡아 보는 것 같은 눈빛에 기분이 상했다.

"학원에 다녀야만 공부 잘하냐? 이제부터 열심히 할 거니까 내 걱정하지 말고 너나 잘해라. 수학은 못하지만 영어는 A반이야. 영어 학원 한 번 안 다니고 A반이면 대단한 거 아니냐?"

퉁명스럽게 말하며 운동장에 침을 뱉었다.

"박성민, 이제부터 수학 공부 같이 하자. A반이면 수학 진짜 잘하겠네."

'곰탱이'가 성민이와 어깨동무를 했다. 수학 꼴찌반은 끼어들 틈새가 없었다.

신호등이 바뀌자 아이들은 성민이와 함께 횡단보도를 건넜다. 걸음을 멈추고 녀석들의 뒷모습을 바라보았다. 내가 없어도 아무도 신경 쓰지 않았다.

쉬는 시간이 되자 다른 반 아이들이 뒷문으로 들어왔다. 다음 시간은 수학이었다. 우리 교실은 수학 B반이라서 나는 교과서와 공책을 챙겨 밖으로 나갔다. 자기네 반에서 수업을 듣는 애들은 얼마 안 돼 복도가 시끄러웠다. 멀쩡한 교실, 깨끗하게 닦아 놓은 책상을 두고 왜 자리를 옮겨야 하는지 분통이 터졌다.

수학 D반으로 가면서 애들에게 말했다.

"누구나 평등하게 수업을 받아야 하는데, 헌법의 평등 이념을 심각하게 침해했어."

법조인 지망생 나원대 씨 슬하에서 오랜 시간 동안 살았더니 어려운 법률 용어가 튀어나왔다. 하지만 깊은 뜻을 못 알아들었는지 아무도 대꾸하지 않았다. 녀석들과 단결하기 전에 힘이 빠졌다. 아빠의 억압에도 굴복한 적이 없던 나기찬이 처음으로 성적 스트레스를 받고 있었다.

D반에 들어갔다. 초등학교 때 같은 반이었던 아이들이 보였다. 반갑기보다는 나쁜 짓을 하다가 들킨 것처럼 서로 얼굴을 붉혔다.

"D반에 왔으니까 더 열심히 공부해. 힘들게 뒷바라지하시는 부모님을 생각해라."

선생님이 싸늘한 눈빛으로 말했다. 군대에 온 것도 아닌데 왜 부모님을 생각해야 할까.

무엇보다 D반이 싫은 이유는 일주일에 두 번, 수업이 끝난 뒤 나머지 공부를 해야 하기 때문이다. 당장 오늘부터 시작된다. 중간고사 이후에도 D반에서 탈출하지 못하면 1년 동안 월요일과 수요일에는 집에 늦게 가게 된다. 운 나쁘면 3년 내내 그 생활이 이어진다.

간절하게 D반에서 탈출하고 싶어 꼼꼼하게 공책 정리를 하며 선생님의 가르침에 귀 기울였다. 하지만 머리에 들어오지 않았다. 중학교 수학은 초등학교 때와 수준이 달라 단어도 어렵고, 복잡한 공식도 나왔다. 아빠 말을 듣고 진작 수학 학원에 다닐걸, 후회가 되었다. 몇 명을 이겨야 C반에 갈 수 있을지 아이들을 둘러보며 계산을 해 보았다. 녀석들은 모두 경쟁자였다.

종례 시간이었다.

"청소 깨끗하게 해. 특히 쓰레기통 잘 씻고, 유리창에 손자국 묻지 않도록!"

까칠박은 청소년을 '청소하는 소년'으로 착각하고 있었다.

"요즘 왕따, 폭행, 금품 갈취들로 중학생 자살 사건이 많은 거 알지? 인터넷으로 야한 것만 찾지 말고 뉴스도 좀 봐라. 우리 반에서 왕따, 셔틀, 계급, 이런 말이 들리면 바로 경찰서 직행이야."

담임은 시험 셔틀의 공포가 왕따 못지않다는 것을 몰랐다.

종례가 끝났다.

"먼저 가라. 나머지 공부해야 해."

성민이에게 말했다. 나머지라는 낱말을 꺼낼 때 목소리가 작아지며 떨렸다.

"오늘부터 학원에 다니는데, 종합반은 비싸서 영어만 듣기로 했어. 열공해."

엄마의 등쌀에 못 이겨 학원에 갈 때와 다르게 성민이는 진지했다. 이러다가 전국 1등을 해서 고시촌에 현수막이 걸리고, 텔레비전에 출연해 '교과서만 열심히 봐도 전국 1등 어렵지 않아요!'를 외칠 기세였다. 우리 둘 사이에 보이지 않는 틈이 점점 벌어져 그 사이로 한파가 몰아치는 기분이었다.

가방을 챙겨 수학 D반으로 갔다. 사고를 쳐서 학생부에 불려 가는 것보다 발걸음이 무거웠다. 운동장에서 축구를 하는 아이들이 보여 창문에 서서 넋을 놓고 구경하는데 종이 울렸다. 땡땡이를 칠까 망설이며 기회를 살폈다. 까칠박이 걸어오고 있었다. 나머지 공부에 빠지는 놈을 확실하게 응징하겠다더니 빈말이 아니었다. 담임은 너무 의욕이 넘쳐 피곤한 스타일이다. 이대로 도망치면 내일의 안녕을 장담할 수 없었다. 공짜 과외를 받는 셈 치자고 좋게 생각하며 D반 교실로 들어갔다.

나머지 공부가 끝났다. 학교를 빠져나와 운동장을 가로질렀다. D반에는 우리 집 쪽으로 가는 녀석이 없어 혼자 걸었다. 축구를 하던 녀석들도 학원에 갔는지 운동장은 텅 비어 호젓했다. 축구를 하며 스트레스를 풀고 싶었는데 아쉬웠다. 골대 옆에 굴러다니는 축구공을 세게 걷어찼다.

5시가 조금 넘었다. 어깨가 쑤시고 배가 고팠다. 침대에 드러누워 잠을 자고 싶었다. 이렇게 어려운 공부를 학교에서 하는 것도 모자라 밤 10시까지 학원에 다니는 청소년들과, 공부 종결자 고시생들에게 대통령 표창을 줘야 한다. 나한테는 주지도 않겠지만 받고 싶지도 않다.

교문을 벗어나자 공기가 달랐다. 갑갑한 옷을 벗은 것 같아 자유로웠지만 마음이 가라앉았다. 곁에 친구들이 있을 땐 외

로운 줄 몰랐는데 지금은 혼자였다. 친구도 없고 학교에 적
응을 못해 외톨이처럼 지냈던 여덟 살 때가 스쳐 지나갔다.

D반 후유증은 컸다. 수학 꼴찌반이라고 말하면 엄마 아빠
가 어떤 표정을 지을지 가슴이 답답했고 불쾌하게 두근거렸
다. 청소년 화병이 심해지고 있었다. 계속 공부를 못해서 선
생님과 부모님한테 잔소리를 들으면 자신감이 바닥으로 곤
두박질칠 것 같았다. 그래서 형, 누나 들이 성적 스트레스로
고민하다가 목숨을 끊나 보다. 뉴스에서 매일 흘러나오는 청
소년 자살 소식이 남의 일 같지 않았다. 학교 옥상을 올려다
보았다. 황량한 벌판 같았다.

'퇴공'하는 고시생들이 고시원으로 들어가고 있었다. 문득
왜 공부를 열심히 해야 하는 건지 궁금해졌다. 초등학교 6년
동안 그 답을 명확하게 말해 주는 선생님이 없었다. 시험을
잘 보기 위해서라고 말하는 것이 고작이었다. 그러면 시험은
왜 잘 봐야 하는 것일까? 생각이 꼬리를 물고 이어졌다. 그렇
다면 이 세상 모든 사람들이 열심히 공부하면 모두 시험을
잘 볼 수 있을까? 절대 그렇지 않았다. 수학 A반에 들어갈 수
있는 사람은 마흔 명이 전부였다. 머리가 뜨거워지면서 터질
것 같아 생각을 멈추고 힘차게 뛰었다. 얼굴에 부딪히는 봄
바람에 머리와 마음이 조금 가벼워졌다.

횡단보도 앞에서 신호등이 바뀌기를 기다렸다. 옆에 있는

게시판에 포스터가 붙어 있었다.

〈구민회관 남성 요리반 수강생 모집! 요리 봉사활동도 합니다.〉

앞치마를 입은 아저씨들이 요리하는 사진이 시선을 끌었다. 아빠 또래였다. 아빠도 요리 강좌를 들으면 좋겠지만 그건 내 욕심이다.

횡단보도를 건너 느긋하게 걸었다. 어느덧 가게 앞에 다다랐다. 엄마 아빠가 이동수업에 대해 묻지 않으면 말하지 않을 것이다. 학교에서 받는 공부 압박도 힘겨운데 집에서까지 스트레스를 받고 싶지 않았다. 혼자서 할 수 있는 데까지 노력해 봐야겠다. 가게 문을 열며 안으로 들어갔다. 아빠가 보이지 않아 안심하고 있을 때 아빠가 뒷문을 열었다.

"당신, 왜 이렇게 늦어? 장사 준비로 한창 바쁜데."

엄마가 스파게티를 담은 프라이팬을 식탁에 올려놓았다.

"구민회관에서 수영 배우고 왔어. 맨날 집에만 있으니까 살만 찌잖아. 건강을 챙겨야지. 기찬이도 게임만 하지 말고 운동 좀 해라."

아빠가 가방에서 수영복을 꺼내 건조대에 널었다. 내가 수학 A반에 가는 것보다 더 놀라운 소식에 아빠를 빤히 바라보았다. 평소보다 얼굴에 여유가 넘치면서 말투도 부드러워 어색했다.

“정말 잘 생각했어. 요즘 아저씨들도 몸짱이 유행인데 뱃살 빼야 해. 아빠는 한번 시작하면 엄청 열심히 하니까 곧 중년계의 박태환으로 불릴 거야. 오늘은 어떤 거 배웠어?”

나는 호들갑을 떨면서 아빠 기분을 맞추었다. 아빠가 취미 활동을 시작하면 내 성적에 무관심해질 거라는 짜릿한 예감이 들었다.

“오늘은 첫날이라서 물속에 들어가기만 했어. 이제 차근차근 배우겠지.”

“나도 아빠랑 같이 수영 배우러 다닐까? 아니면 아빠한테 수영 배울까?”

“낮에 다닐 거라서 너랑은 시간이 안 맞아. 그리고 지금 배워서 언제 널 가르치겠냐? 방학에 청소년 수영교실 등록해서 다니면 돼.”

아빠가 손을 내저으며 앞치마를 입었다.

“지금 인어공주처럼 한가하게 수영할 시간이 어디 있어? 나랑 의논도 하지 않고 혼자 신 났네. 어쨌든 시작했으니까 열심히 배워서 나나 수영 가르쳐 줘. 나만 덩어리 아줌마가 될 순 없잖아. 그런데 수영했다면서 머리 안 젖었네?”

엄마가 의심의 눈초리로 아빠를 보고 있었다.

“머리? 아…… 드라이어로 말렸지. 곧 손님 올 시간인데 이렇게 수다 떨 때가 아니잖아.”

아빠가 행주를 집었다. 아빠는 이동수업에 관해 깡그리 잊고 있었다. 며칠 동안 나를 짓눌렀던 고민에서 벗어나 조금 홀가분해졌다. 배가 고파 스파게티를 접시에 덜어서 식탁에 앉았다. 행주로 식탁을 닦는 아빠의 손놀림이 서툴러 신경이 쓰였다. 아빠는 왼손 가운뎃손가락에 두꺼운 반창고를 붙이고 있었다.

"손 다쳤어?"

"수, 수영장에서 샤워하다가 타일 끝에 살짝 베였어. 괜찮아."

7시 30분, 저녁 장사가 끝났다.

김판사 아저씨가 고무장갑을 벗고 식탁에 반찬을 올려놓았다. 접시 정리를 마친 아빠가 스파게티를 떠서 맛보았다.

"수영했더니 배가 엄청 고프네. 스파게티 만들 때 뭐 넣었어?"

"스파게티 소스랑 나만의 비법. 맛있지?"

엄마가 앞치마로 이마에 맺힌 땀을 훔쳤다. 스파게티는 신미래 여사가 가장 잘하는 음식이다. 강남의 고급 레스토랑보다 더 맛있다고 소문이 나서 미트소스 스파게티가 주메뉴인 날에는 손님이 더 많았다.

"면발은 어떻게 삶아? 몇 분 동안 삶아야 이렇게 부드러우면서 쫄깃하지?"

아빠가 엄마에게 폭풍질문을 했다.

"내 요리 비법은 수제자 한 사람에게만 전수할 거야. 더 이상은 노코멘트."

엄마가 딱 잘라 말하자 아빠가 입을 삐죽거렸다.

"사장님, 수영 배우니까 어떠세요?"

김판사 아저씨가 아빠에게 물었다.

"태어나서 처음으로 공부 아닌 뭔가를 돈 내고 배우는 거잖아. 가게에서 일만 해서 우울했는데 밖에 나가니까 살맛 나더라고."

"우울할 때는 새롭게 도전하는 것도 좋지. 나도 가끔 가게에서 벗어나고 싶어!"

엄마가 의자에 등을 기대며 살며시 눈을 감았다.

"저도 시험에 합격하면 그동안 못 했던 것들 다 해 보려고요. 공부만 하느라 재미없게 살고 있어서 제 자신에게 미안해요."

아저씨는 1차 시험에 합격했을 거라고 자신하며 2차 준비를 하고 있었다.

"승필 씨 말이 옳아요. 아파서 며칠 누워 있을 때 너무 허무하더라고요. 고생만 하다가 좋은 시절 다 보낸 것 같아 힘이 빠졌어요. 나머지 인생을 어떻게 살아야 하나 고민이 돼요."

엄마가 자판기에서 뽑은 커피에 커피믹스 하나를 더 넣어서 마셨다. 심하게 몸살을 앓은 이후 엄마는 독한 커피로 피로를 이겨 내고 있었다.

"엄마, 식당 일이 힘들어서 그러는 거야?"

"요즘 들어 내가 하는 일이 의미가 없는 것 같아 울적해. 우리 아들은 아직 이런 기분을 모를 거야. 제2의 사춘기라고나 할까?"

엄마가 계산대 옆에 걸린 거울을 들여다보았다. 눈여겨보지 않아 몰랐는데 흰머리도 제법 보이고, 입가에 주름살도 많았다. 엄마는 씩씩하고 거침없어서 아무 걱정하지 않고 사는 줄 알았다. 고민하는 신미래 여사가 낯설게 다가왔다. 어른이 되면 마음대로 할 수 있어서 행복할 거라고 기대하며 시간이 빨리 흘러가기를 바랐다. 그런데 어른들도 많은 고민을 하고 있었다.

주방에 들어간 엄마가 낮은 목소리로 노래를 읊조렸다. 엄마의 축 늘어진 어깨가 애처로워 보였다. 나 혼자 힘들고 처절하게 질풍노도의 시기를 보내고 있는 것 같아 서러울 때가 많았는데. 모든 사람들이 혹독하고 치열하게 자신만의 사춘기를 보낸다는 것을 알게 돼 조금은 위안을 받았다.

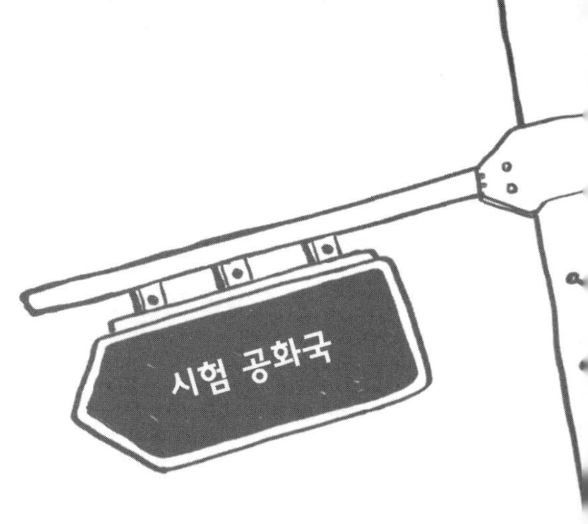

　고시촌을 가로지르는 하천 주변에 핀 벚꽃이 지고 있었다. 햇살은 적당히 눈부셨고, 날이 포근해서 점심을 먹고 나면 식곤증에 시달렸다. 정신을 차리려고 창밖으로 고개를 돌렸다. 하늘은 애국가 3절 가사처럼 공활하고 높고 구름 없이, 옅은 파란색이었다. 살랑거리는 봄바람 속에는 정체를 알 수 없는 미세한 물질이 가득해 정신을 몽롱하게 만들었다. 가끔 이유 없이 가슴이 벌렁거리기도 했다.

　"나기찬, 시험이 얼마 안 남았는데 집중하지 않고 딴짓해? 공부하기 싫으면 학교에 나오지 마!"

　까칠박이 소리를 질렀다. 정신을 가다듬고 공책을 펼쳤다. 성민이는 빨간색 볼펜으로 교과서에 밑줄을 치고 있었다.

　"집중해서 공부해라. 이번 시험에서 우리 반 평균이 다른 반에 비해 나쁘면 가만 안 둘 거야. 특히 D반 학생들 분발하

시길.”

까칠박이 D반 아이들을 훑어보며 목소리를 높였다.

수준별 이동수업의 힘은 강력했다. A반 아이들은 밀려나지 않으려고 노력했고, C반 아이들은 꼴찌반으로 떨어져 나머지 공부를 하지 않으려고 기를 썼다. D반 아이들 중 절반은 애초부터 포기했지만 몇 명은 나머지 공부에서 벗어나려고 몸부림을 쳤다.

교실은 미니 고시원 같았다. 외고에 가겠다고 떠벌리며 다니는 반장은 공책을 보여 주지 않으려고 거짓말을 했다가 들통이 나서 손가락질을 당했다. 반장이 된 것도 봉사정신이 투철해서라기보다는 고입 가산점 때문이었다. 반장은 그런 것을 감추지 않고 드러내서 더 욕을 먹었다. 반장 선거 때, 녀석의 엄마가 아이들에게 선물까지 돌렸다. 선물을 거절하는 것은 예의가 아니라서 나도 받기는 했지만 녀석에게 표를 주지는 않았다.

성적에 목매는 아이들을 보니 나도 불안해졌다. 분발하지 않으면 D반 단골이 될 것 같아 초조했다. D반을 탈출하려면 우리 반 녀석 열다섯 명은 제쳐야 하는데 자신이 없었다. 열심히 공부했지만 문제집을 풀면 모르는 문제가 산더미였다. 가슴이 두근거리고 체한 것처럼 속이 답답했다.

시험 전날이었다. 수학 나머지 공부가 끝날 때까지 성민이
가 나를 기다리고 있었다.

오랜만에 성민이와 같이 집으로 걸어갔다. 이제 성민이와
나는 베스트프렌드가 아니었다. 휴일에 축구를 하자고 연락
해도 녀석은 집 밖으로 나오질 않았다. 휴대 전화를 꺼 놓을
때도 많았고, 핑계도 여러 가지였다. 엄마가 편찮으셔서 간호
를 한다거나 감기에 걸렸다고 둘러댔다. 이번 일요일에는 친
척 집에 간다고 했는데 김판사 아저씨의 제보로 뻥이라는 게
발각되었다. 감기 몸살에 걸려도 축구가 제일 좋은 약이라고
넉살 좋게 말하던 녀석이 그리웠다.

왠지 서먹서먹해서 나는 까칠박 흥을 보며 어색한 분위기
를 바꾸려고 노력했다. 그런데 이상한 느낌이 들었다. 내게
하고 싶은 말이 있는데 머뭇거리며 눈치를 보는 것 같았다.

"할 말 있어?"

"시험 스트레스가 심해서 얘기나 하려고 기다렸어. 우린 베
스트프렌드잖아. 공부는 잘돼? 난 아무리 외워도 영어 단어
가 머리에 들어오지 않아."

성민이가 어두운 얼굴로 말했다. 딱히 할 말이 없어서 나는
아무 대답 하지 않고 걷기만 했다.

고시촌 사거리에서 횡단보도를 건너려고 기다리고 있었다.

"너랑 나랑 시험 옆자리에서 보더라. 우리 커닝이나 할까?"

녀석은 장난처럼 말했지만 농담 같지 않았다.

"미쳤냐? 아무리 절박해도 커닝은 범죄야."

"너도 수학 꼴찌반에서 탈출하고 싶잖아?"

"내 성적 신경 쓰지 말고 영어 공부나 해라. 너도 D반 자리 예약해 놓은 거 같은데."

중간고사 첫날, 수학 시험 시간이었다.

빠르게 끼적이는 샤프 소리에 숨이 막힐 지경이었다. 문제 푸는 속도를 보니 시험이 어렵지 않은 것 같았다. 그런데 나는 정답이라고 확신하는 문제가 절반밖에 안 돼 등 뒤로 식은땀이 흘렀다. 60점은 넘어야 C반인데, 낭패였다.

문제를 계속 들여다보았지만 답이 나오지 않았다. 집중이 안 돼 주변을 두리번거리는데 성민이와 눈이 마주쳤다. 녀석이 피식 웃더니 답안지를 내가 잘 보일 만한 곳에 놓았다. 사인펜으로 진하게 표시해 놓아 답이 또렷하게 보였다. 가슴이 뛰기 시작했고 귀가 예민해졌다.

"답안지 책상 가운데에 놓고 시험 봐. 10분 남았어."

선생님이 말했다. 성민이가 답안지를 가슴 앞으로 끌어당 겼지만 여전히 왼쪽으로 치우쳐 있었다. 고백하자면 이미 열 문제의 답을 외운 상태였다. 녀석도 그것을 알아차렸을 것이다. 절대 베끼지 않겠다고 스스로에게 말하면서 답을 암호처럼 시험지에 적어 놓았다.

시간이 흘러가고 있었다. 풀지 못한 문제들이 어깨를 짓눌렀다.

5분밖에 안 남았다. 이대로 답안지를 내면 또 수학 꼴찌반이고 나머지 공부에서 벗어날 수 없었다.

이제 2분이 남았다. 아이들이 시험지를 접으며 마무리를 하자 교실이 소란스러워졌다. 손이 떨렸다. 첫 시험에서부터 주눅 들고 싶지 않았다. 방법은 하나뿐이었다.

30초가 흘렀다. 책가방 여는 소리, 필통 닫는 소리가 계속해서 들렸다. 아직까지 시험지를 보는 녀석은 나뿐이었다. 이러다가 수학에서 전교 꼴찌를 할지도 모른다는 섬뜩한 생각이 들었다. 나는 커닝한 답을 답안지에 옮겨 적고 있었다.

"선생님, 답안 마킹을 잘못했어요. 답안지 바꿔 주세요."

성민이가 다급하게 말했다. 마지막 한 문제까지 더 맞히려는 지독함에 혀를 내둘렀다.

종이 울렸다. 가까스로 답안지 표시가 끝났다. 손에 흐르는 땀이 답안지에 묻어 사인펜으로 쓴 이름이 번졌다. 다행히도 답을 표시한 부분까지는 퍼지지 않았다. 맨 뒤에 있는 녀석이 답안지를 걷어 갔다. 실내화를 벗자 양말이 축축했다. 그리고 목이 뻣뻣했다. 성민이는 아무 말 없이 내 어깨를 두드리고는 화장실로 향했다. 녀석이 내 행동을 고스란히 지켜보았을 것이다.

중간고사 마지막 날이다. 새벽부터 비가 내렸고 바람이 거세어 을씨년스러웠다. 등굣길에 운동화에 빗물이 스며들어 찝찝하고 눅눅했다.

성민이 때문에 마음이 혼란스러웠다. 수학 시험 이후 녀석과 마주쳐도 나는 눈을 피했다. 수학을 커닝했으니 영어를 보여 줘야 한다. 보여 주지 않으면 커닝 사실을 소문낼 것 같아 어젯밤에는 잠이 오지 않았다. 차라리 공범자가 되는 게 속이 편했다.

마지막 시험은 영어였다.

옆 반에서 커닝이 발각돼 학부모 감독관이 한 명 더 들어온다고 했다. 선생님까지 총 세 사람이 지켜보면 성민이처럼 대범하게 보여 줄 수 없다. 걸리지 않기 위해서는 치밀한 준비가 필요했다. 시험을 보기 전, 쪽지가 들어갈 수 있도록 지우개 속을 파 놓았다.

시험이 시작되고 30분이 흘렀다. 세 문제를 빼고는 정확하게 답을 알았다. 옆을 보니 녀석은 쩔쩔매며 나를 힐끔거렸다. 답안지를 보여 주지 않았을 때 벌어질 일들이 두려웠다.

목 운동을 하는 시늉을 하며 주변을 훑어보았다. 선생님과 감독관은 시험 감독에 집중하지 않고 비 오는 것을 보며 심드렁하게 서 있었다. 기회였다. 시험지 귀퉁이를 조그맣게 찢어 깨알보다 더 작게 답을 적었다. 그 종이를 말아서 지우개 속에 넣고 바닥에 떨어트렸다. 녀석이 줍지 않기를 바랐지만, 나를 계속 관찰했을 것이다.

성민이가 지우개를 자기 것처럼 주워 쪽지를 꺼내 답을 보았다. 아이들은 문제를 푸느라 여념이 없었다. 성민이가 답을 옮겨 적고 쪽지를 입안에 넣어 삼키려는 순간이었다. 감독관 아줌마가 퀴퀴한 냄새가 난다며 창문을 열었다. 순식간에 비바람이 불었고, 쪽지가 다른 녀석 책상에 떨어졌다. 쪽지를 발견한 녀석이 고개를 갸웃거렸다.

"무슨 일이야?"

수상하게 여긴 선생님이 그 녀석 앞으로 다가갔다. 신고정신이 투철한 바람이었다. 왜 하필 그 순간에 감독관 아줌마가 창문을 열었을까.

선생님이 쪽지를 보았다. 심장이 딱딱하게 굳었다. 성민이도 벌벌 떨면서 나를 보았다. 나는 어금니를 깨물었다. 선생님이 대수롭지 않게 넘어간다면 평생 수학 D반에 있겠다고 기도를 했다. 너무 긴장을 해서 바람이 쌀쌀하다는 것도, 창문으로 들어온 빗방울이 얼굴에 떨어지는 것도 알아차리지 못했다. 시험지에 빗방울이 떨어져 군데군데 얼룩이 졌다.

선생님이 소리를 질렀다. 나의 바람은 이루어지지 않았다.

감독관 아줌마가 나와 성민이를 교무실로 데리고 갔다. 시험 중이라 학교 전체가 고요해 실내화 소리가 복도에 크게 울렸다. 교무실 앞에서 나는 녀석의 눈을 똑바로 보았다. 녀석이 고개를 끄덕였다. 수학 커닝 이야기는 절대 꺼내지 말자는 무언의 신호였다.

까칠박 앞에 꿇어앉아 경위서를 쓰고 커닝 쪽지를 증거로 붙였다. 처음이라서 처벌은 영어 점수 빵점으로 끝났다. 다음에 걸리면 부모님 호출이었다.

"성민이 그렇게 안 봤는데 실망이야. 나기찬, 어떻게 겁도 없이 지우개를 파서 쪽지를 전달해? 그런 머리로 공부하면 수학 A반이겠다."

까칠박이 오른손으로 내 머리를 툭툭 쳤다.

교무실을 나오는데 다리에 힘이 풀려 걷기도 힘들었다. 먼저 커닝하자고 말한 성민이가 얄미워 때려 주고 싶었지만 그랬다가는 일이 더 커질 것이다. D반 소속으로, 커닝을 주도하고 폭력까지 휘두르는, 종합 불량 학생으로 낙인찍히고 싶지 않았다.

"날 원망하지 마라. 커닝은 네가 시작했으니까."

성민이가 말했다.

"꺼져 줄래?"

녀석을 한 대 치려다가 간신히 참고 화장실에 들어갔다.

세면대 앞에 서서 거울에 비친 내 모습을 보았다. 엄마 아빠 얼굴이 스쳐 지나갔다. 어딘지 모르게 두 사람을 조금씩 닮은 것 같다. 엄마 아빠를 볼 면목이 없어 양손으로 머리를 쥐어박았다.

3일 동안의 시험이 끝났다.

학교를 나와서 횡단보도 앞에 서 있었다. 빗줄기가 더욱 굵어졌고 바람도 거세 우산이 뒤집어졌다. 비를 맞으며 우산을 다시 펼치는 동안 재수 없는 놈이 지나갔다. 성민이는 고개를 푹 숙인 채 힘없이 걸어가느라 나를 보지 못했다. 아침 자습 시간부터 쉬는 시간까지 아이들에게 눈총을 받으면서도 묵묵히 공부했는데 결과가 이렇게 돼 나보다 더 충격이 클 것이다. 거기에다가 영어가 빵점이라 학원에 다닌 효과가 없다고 엄마한테 혼날 터였다. 화가 난 아줌마 앞에서 쩔쩔맬 녀석이 안쓰러웠지만, 지금 내가 재수 없는 녀석을 걱정할 때가 아니었다.

횡단보도를 건너 녹두거리로 올라갔다. 멀리 불합격고시원이 보였다. 웰빙 가출의 추억이 있는 장소였지만 이제는 보고 싶지 않았다. 건물 옆에 걸려 있던, 사법고시 합격 현수막이 보이지 않았다. 안 걸었으면 허위, 과장 광고라고 사진을 찍어서 인터넷에 고발했을 것이다.

우산이 뒤집히지 않게 신경 쓰며 골목으로 들어갔다. 대박 고시서점 앞에 고시생들이 몰려 있었다. 서점 문 앞에 붙은 '사법고시 1차 합격자 명단'을 보느라 다들 정신이 없었다.

합격자는 이름 순서로 정리되어 있었다. 아저씨 이름 '김승 필'을 중얼거리며 몇 번이나 살펴보았지만, 역시 없었다. 아 저씨는 지금 어디에 있을까. 시험 합격을 목표로 모든 걸 접 고 공부만 했는데 떨어졌을 때 어떤 마음일까. 아저씨가 나 보다 더 힘들 것 같지만, 걱정할 여유가 없었다. 나야말로 인 생 최악의 순간을 통과하고 있었다.

모퉁이를 돌아 한림사법고시원 앞을 지났다. 어떤 고시생 아저씨가 비를 맞으며 울고 있었다. 친구들이 있었지만 아무 도 말리지 않았다. 고시촌 어딜 가든 고시생들이 모여 어두 운 얼굴로 이야기를 나누는 우울한 날이었다. 지난해에는 시 험에 떨어져 목숨을 끊은 고시생도 있었다. 왜 그런 독한 마 음을 먹는지 전혀 헤아릴 수 없었는데 이제는 알 것 같다. 나 도 커닝이 발각되는 순간 죽고 싶었으니까.

문자가 왔다. 엄마였다. 심장이 쪼그라드는 것이 느껴졌다. 까칠박이 엄마 아빠에게 커닝 사실을 알린 것일까. 까칠박을 욕하며 문자 확인 버튼을 눌렀다. 손이 떨렸다.

〈합격자 발표하는 날이라 손님 없을 것 같아서 가게 문 닫 았어. 엄마 모임 있어서 늦으니까 아빠 수영 마치고 오면 같

이 저녁 먹어!〉

가게 문 앞에 '금일 휴업' 안내문이 붙어 있었다.

방에 들어가 침대에 누워 눈을 감았다. 어쩌다가 커닝까지 하게 되었는지 부끄러워 이불로 머리를 감쌌다. 아무도 없는 곳에 숨고 싶었다.

눈을 떠 보니 6시 30분이었다. 일주일 전부터 시험공부를 하느라 피곤했는지 깜빡 잠이 들었나 보다. 커닝을 잊고 싶어 일부러 잠을 잤는지도 모르겠다. 비는 그쳤지만 밖은 어두웠다.

배가 고팠다. 뜨거운 짬뽕 국물이 떠올라 입에 침이 고였다. 머리로는 죽고 싶다고 생각하는데 마음은 간절히 살고 싶은 것 같아 씁쓸했다. 주방에서 달그락거리는 소리가 났다. 아빠와 마주치기 싫어 살며시 방문을 열고 주방 안을 살폈다. 김판사 아저씨가 밥솥 뚜껑을 열고 있었다.

"아저씨, 식사하세요?"

"고시원에 밥이 없어서. ……기찬아, 아저씨 이번에도 물 먹었다. 왜 이렇게 미련하게 살까?"

아저씨가 쓸쓸하게 웃었다. 식탁 위에는 김치와 도시락용 포장 김만 덩그러니 놓여 있었다. 시험에 떨어진 것보다 단출한 밥상이 더 안쓰러웠다. 아저씨가 점퍼 안에서 신문지에

싸인 소주를 꺼냈다.

아저씨는 소주를 삼킬 때마다 얼굴을 찡그렸다. 시험에 떨어진 아저씨와 커닝하다 걸린 나기찬. 같이 한잔 마시고 싶은 날이었다.

"술은 어떤 맛이에요? 저도 한잔 주세요. 술친구 해 드릴게요."

"중딩은 사양할게. 고등학교에 가면 같이 한잔하자. 근데 요즘 성민이네 무슨 일 있냐? 아줌마가 밥도 잘 안 해 놓고 정신이 나간 것 같아. 고시원 문 닫는다는 소문도 들리고."

"성민이도 이상해졌어요. 공부에 미쳐서 학원 다니느라 이야기할 겨를이 없어요."

녀석의 이름을 내 입에 올리고 싶지 않았지만 불합격고시원 소식이 궁금했다. 고시원 문을 닫으면 성민이네는 어떻게 살게 될까. 성민이가 무심코 형편이 어렵다고 말했던 것이 떠올랐다. 이젠 내가 상관할 일은 아니었다.

아빠가 수영 가방을 흔들며 뒷문으로 들어왔다. 시험에 대해 물어볼 게 뻔해 쭈뼛쭈뼛 자리에서 일어났다. 아빠는 아저씨의 어깨를 다독거렸다.

"안주 없이 술 마시면 몸에 해로워. 요리를 잘하면 위로의 만찬을 차려 줄 텐데, 실력이 부족해서 미안해."

아빠가 냉동실에서 만두를 꺼내 프라이팬에 기름을 두르

더니 의외로 능숙하게 튀겨 냈다. 경쾌한 기름 튀는 소리가 어두운 분위기를 몰아냈다. 만두는 노릇노릇 잘 익었다. 신기하게도 아빠의 요리 실력이 하루가 다르게 좋아졌다. 아빠의 눈치를 살피며 만두를 집었다.

"시험에 떨어졌다고 걱정하지 마. 아직 시간이 많잖아."

"사장님은 솔직하지 못해요. 그만 접으라고 말하고 싶잖아요. 뻔히 안 될 거라고 생각하면서 덮어놓고 열심히 하라고 말하는 게 더 나빠요. 떨어진 것보다 힘든 건 언젠가는 합격할지도 모른다는 희망이에요. 잔인한 희망!"

아저씨가 또 술잔을 비우며 신세 한탄을 했다.

"기찬아, 오늘이 중간고사 마지막 날이었지? 잘 봤어?"

아빠가 화제를 바꾸었다.

"시험에 관해서 묻지 마. 어차피 성적표 나오면 다 알게 되잖아."

나는 작게 중얼거리며 방에 들어가 책상에 앉았다. 한 달 동안 하루에 한 장씩 반성문을 써야 한다. 반성문도 인터넷에 올라와 있으면 복사하듯 베낄 텐데. 이미 수없이 반성했는데, 또 억지로 반성문을 쓰며 '반성 전문가'가 되고 싶지 않았다. 그럴수록 반성하기 싫어진다. 너무 쓰기 싫어 침대에 드러누웠다.

방 안에 싸늘한 기운이 감돌아 뜨거운 코코아가 마시고 싶었다. 아빠와 마주치기 싫어 조심히 문을 열고 정수기 옆으로 갔다.

"평생 시험 노예로 살았으면서 기찬이한테 또 공부 타령이에요?"

아저씨가 아빠 앞에 놓인 술잔에 소주를 따랐다. 아빠가 단숨에 소주를 마셨다.

"기찬이가 정말 대견해서 이젠 공부 얘기 절대 안 해. 공부만 하던 내 밑에서 움츠리며 지내 숫기도 없고 어리바리할 줄 알았는데, 큰 무대에서 춤을 췄어. 기찬이가 나온 방송 동영상을 몇 번이나 봤어. 언제 저렇게 컸는지, 이젠 듬직해."

듬직하다는 말에 콧등이 시큰하고 전기가 통하는 것처럼 떨렸다. 아빠가 동영상을 보았다는 것도 믿기지 않았다. 그럴수록 커닝을 한 것이 후회가 되고 부끄러웠다.

"이런 날 연락해서 술 한잔 마시자고 할 친구도 없어요. 같이 수업 듣던 친구한테 전화했는데 지금 시골에 있대요. 고민이 많은 녀석인데 시험에 떨어져서 희망을 버린 것 같아요. 나쁜 마음을 먹을까 봐 걱정되는데 거기까지 내려가서 달래 줄 형편도 안 되고. 제 삶이 너무 처량해요."

아저씨가 훌쩍거렸다.

"섭섭하네. 지금 같이 술 마시는 나는 친구 아니야? 승필이 자네 마음을 누구보다 잘 알지. 가게가 너무 어려워서 친한

녀석들한테 돈 이야기 하니까 다들 모른 체하더라고. 어렵게
사는 녀석이 빌려 줬어. 열심히 일해서 이자까지 두둑하게 쳐
서 꼭 갚을 거야.”
　아빠 목소리에서도 물기가 묻어났다.

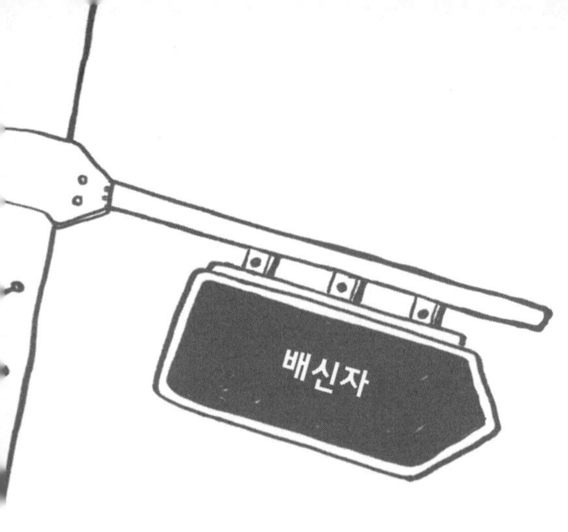

중간고사가 끝나고 5월 중순이 되었다. 스승의 날, 소풍, 체육대회 등 학교 행사가 이어졌다. 시험에 대한 긴장이 풀리면서 아이들은 학교 다니는 재미를 찾았지만 나는 그러지 못했다.

오늘은 체육대회가 한창 진행되고 있었다.

체육선생님이 마이크를 잡고 응원 심사가 시작된다고 말했다. 응원단장을 맡은 반장이 앞에서 박수를 치며 호응을 이끌었지만 아이들은 시들했다. 반장 혼자만 응원에 몰입해 방정을 떨었다. 옆 반은 큰 함성과 절도 있는 몸짓으로 전교생의 주목을 받았다. 그럴수록 우리 반 아이들의 목소리는 더 들리지 않았다.

까칠박 얼굴이 험악하게 구겨졌다. 축구는 예선에서 미끄러졌고, 이어달리기도 순위권 밖이었다. 줄다리기 역시 힘 한

번 제대로 써 보지 못한 채 순식간에 졌다. 응원까지 지면 모든 부문 꼴등이라는 '그랜드슬램'을 달성하게 된다. 반장에게 응원 노하우를 전수해 주고 싶었지만, 커닝 사건 이후 나는 불신의 아이콘이 되고 말았다.

응원부터 경기 관람까지 죄다 따분해서 맨 뒤로 빠져 물을 마시고 있었다. 옆에서 반장의 베스트프렌드가 휴대 전화로 반장 사진을 찍었다. 반장은 신들린 듯 응원과 혼연일체가 되어 있었다. 아마 그 사진은 '응원의 신'이라는 제목으로 고등학교 입학 원서 자기소개서에 첨부될 것이다.

체육대회가 끝났다. 우리 반은 꼴찌팀에게 예의상으로 주는 응원 참가상도 받지 못했다. 정에 이끌리지 않는, 공정한 심사 결과에 아무도 불만을 터트리지 못했다.

"공부 못하는 녀석들은 의욕이 없어서 매사에 꼴등이야."

까칠박이 침을 튀기며 분노했다.

다른 반 아이들은 담임이 사 주는 저녁을 먹고 집에 갔지만, 우리는 뿔뿔이 흩어졌다.

학원에 가지 않는 아이들과 떡볶이를 먹고 피시방에서 게임을 했다. 2대2 게임을 오랜만에 했지만 실력이 녹슬지 않아 마우스를 클릭하는 손놀림이 여전히 민첩했다. 게임에 빠져들면 학교에서 받은 스트레스가 사라졌다. 지난해에는 학교에 가는 것이 재미있었는데 지금은 아니다. 강제로 시키는 나머지 공부에 숨이 막혔고, 커닝 사건 이후 선생님들과 마주치는 것도 싫었다. 나를 대하는 아이들의 눈초리도 이상했다. 기껏해야 출석을 부를 때 대답하려고 가는 것처럼 학교생활이 무의미했다.

세 시간 동안 게임을 하고 피시방을 나왔다. 밤 8시였다. 한 시간만 더 하고 싶었지만 수행평가를 해야 했다. 시험도 망쳤는데 수행평가까지 최하점이면 최악이다. 양심적으로 그것만은 막아야 했다.

친구들과 헤어져서 카페 골목을 걸었다. 밤이 되자 후텁지근한 바람이 잦아들어 서늘해졌다. 수행평가 주제를 떠올리며 걷는데, 벽돌을 쌓아 실내 디자인을 한 카페가 눈길을 끌었다. 분위기가 괜찮아서 무심코 안을 들여다보았다. 애정 행각을 벌이는 커플들 사이에 아줌마가 우두커니 앉아 있었다. 아줌마의 뒷모습과 후줄근한 티셔츠가 낯익어 가까이 가 보았다. 신미래 여사다. 엄마는 탁자에 턱을 괴고 멍하게 한곳을 바라보고 있었다.

"엄마, 카페에서 혼자 뭐 해?"

"우리 아들이구나. 체육대회 잘 끝났어? 밥은?"

엄마가 커피를 마셨다.

"무슨 일 있어?"

"봄은 여자의 계절이라 이맘때면 늘 싱숭생숭해. 학교생활은 재미있지? 우리 아들이야 워낙 붙임성도 좋고 활발하니까 엄마는 걱정 안 해."

엄마의 말이 날카로운 칼처럼 내 마음을 찔렀다. 하고 싶은 말이 많지만 입이 떨어지지 않았다.

"커피 한잔 마실래? 중학생 되면 커피 맛을 느껴 줘야 해. 우리 아들이랑 오붓하게 데이트하고 싶은 밤이야."

나는 시원한 캐러멜마키아토를 주문했다. 엄마는 눈을 감고 음악을 감상했다. 생각에 빠진 엄마에게 말을 붙이기가 어색해 엄마가 마시던 아메리카노 한 모금을 마셨다. 시럽을 넣지 않아 너무 썼다. 물을 마셔도 입안에 쓸쓸한 맛이 계속 남았다.

종례 시간에 까칠박이 중간고사 성적표를 나눠 주었다.

수학 65점, 영어 0점이었다. 베낀 문제가 거의 틀려 수학 점수는 기대한 것과 너무 달랐다. 커닝을 제안한 성민이가 얄미웠다. 이번에도 D반이거나 운이 좋으면 C반에 끄트머리로 들어갈 것이다.

악마의 유혹에 빠져 영어가 빵점이 되었다. 걸리지 않았다면 97점을 맞았을 것이다. 예체능 과목 점수는 괜찮았지만 영어가 빵점이라 평균 점수가 형편없었다. 성민이의 성적표를 보려고 옆으로 다가갔다. 녀석이 성적표를 구겨 가방에 넣었다.

"우리 반이 주요 과목은 다 꼴찌 했어. 특히 영어는 평균이 10점 이상 차이가 나는데, 나 모 군과 박 모 군이 큰 역할을 했어. 제발, 집중해서 들어. 다음에 이런 짓을 하다가 걸리는 새끼들은 다 죽을 각오해."

뼈저리게 반성했는데도 또 커닝 이야기를 꺼내는 까칠박의 뒤끝이 싫었다. 담임의 말을 곰곰 되씹어 보니 커닝해도 걸리지만 않으면 된다는 말 같아서 어이가 없었다. 언젠가 '까칠박 복사 사건'을 폭로하고 말겠다고 이를 갈았다.

수업이 끝나 교문을 나섰다. 황사가 몰려와 점심을 먹을 때부터 공기에서 녹슨 철 냄새가 났다. 숨을 들이마시자 입안으로 먼지가 들어오는 느낌이었다. 천둥 번개가 치면서 비가 쏟아지면 좋겠다. 비라도 내리면 아빠에게 혼나도 위로받는 기분일 텐데 날씨도 내 편이 아니었다.

집에 가까워질수록 다리에 힘이 풀렸다. 분식점 앞을 지나는데 튀김 냄새에 속이 울렁거렸다. 동네를 방황하고 싶었지만 황사 탓에 갈 곳이 없었다. 피시방을 순례하려다가 참았다. 이런 날 아빠한테 걸리면 괘씸죄까지 더해 백배로 혼이 나 다시 웰빙 가출을 해야 할지 모른다.

가게 앞에서 한참을 망설이다가 문을 열었다. 어차피 한 번은 혼나야 할 일이었다. 엄마 아빠는 평소와 다르지 않게 저녁 장사 준비로 분주했다. 아직 성적표의 존재를 모르고 있었다. 방에 들어가 성적표를 서랍에 숨겼다.

옷을 갈아입고 방문을 열었을 때, 성민이 엄마가 가게로 들어왔다. 뮤직스타트 때의 악몽이 떠올라 몸이 움츠러들었다. 아줌마는 주머니에서 성적표를 꺼냈다. 점심에 먹은 잡채가 올라오는 느낌이었다. 차라리 잘됐다. 내 입으로는 절대 커닝 사실을 말할 자신이 없었으니까.

엄마 아빠는 식탁에 앉아 아줌마와 이야기를 나누었다.

"누가 커닝하라고 가르쳤어? 커닝까지 하면서 시험을 잘 보고 싶어?"

신미래 여사가 목에 핏줄이 보일 정도로 소리를 질렀다. 아빠는 눈을 감고 화를 억누르는 것 같았다. 화내는 것보다 더 무서웠다.

"누가 먼저 커닝하자고 한 거야? 기찬이 너야?"

아줌마가 다짜고짜 나를 몰아세웠다.

"커닝을 한 게 나쁘지, 누가 먼저 말한 게 중요해요?"

엄마가 눈을 부릅뜨며 자리에서 일어났다. 자칫하면 어른들 싸움으로 번질 수도 있는 최악의 상황이었다.

"모두 제 잘못이에요. 다음부터는 안 그럴게요."

덮어놓고 잘못을 빌었다.

"성민이 어머니도 일단 앉으세요. 같이 이야기해 봐야 할 문제예요.”

의외로 덤덤한 아빠의 반응에 아줌마도 더 이상 화를 내지 않았다. 아줌마가 성민이 성적표를 식탁 위에 올려놓으며 중얼거렸다.

“성적을 잘 받으라고 했지, 왜 시키지도 않은 커닝을 해. 수학을 88점이나 맞아서 평균 점수가 높았을 텐데.”

귀가 먹먹해지고 머리가 아찔했다. 나는 성민이의 성적표를 들여다보았다. 수학 점수가 ‘88’이라고 분명히 적혀 있었다. 커닝할 때의 기억이 떠올랐다. 시험이 끝나기 2분 전, 성민이가 다급하게 답안지를 바꾸며 내 뒤통수를 후려친 것이다. 야비한 새끼. 입안이 말랐다. 도저히 그 자리에 있을 수 없어 밖으로 뛰쳐나갔다.

저녁 어스름이 깔리며 고시촌이 짙은 푸른빛으로 물들고 있었다. 간판 조명이 어두워지는 골목을 밝혔고 음악이 시끄럽게 울려 댔다. 요란한 분위기에 정신까지 혼란스러워 기운이 빠졌다. 불합격고시원 간판에도 환하게 불이 들어왔다. 눈부신 간판 불빛이 점수에 혈안이 된 어떤 얍삽한 녀석의 눈빛 같았다. 배신자를 어떻게 응징해야 화가 풀릴지 온통 그 생각뿐이었다. 놀이터로 불러서 코피가 나도록 패 버릴까. 아니면 학교 홈페이지 게시판에 배신자의 비열한 행동을 폭로

해 버릴까. 아니, 닉네임으로 올릴 수 있는 포털사이트 게시판이 낫겠다. 세상에 알려서 얼굴을 못 들고 다니게 만들어야 한다. 생각이 막상 거기까지 미치자 네티즌 수사대가 무서웠다. 엄청난 정보력으로 내 신상까지 파악해서 나를 곤혹스럽게 할지도 모른다.

속이 끓어올라 머리까지 뜨거웠다. 얼음이 떠다니는 콜라를 마시며 열을 식히고 싶었다.

가까운 패스트푸드 가게에 들어갔다. 다리가 아파서 일단 앉고 싶었지만 고시생들이 모든 자리를 점령하고 있었다. 빈자리를 찾아 두리번거리는데 사방에서 사법고시 이야기가 들려왔다. 학교, 집, 동네 어디를 가든지 그놈의 공부, 점수, 합격, 1등 이런 단어만 들려 넌덜머리가 났다. 휴지로 내 귀를 막고 초강력 테이프로 단단히 붙여 버리고 싶었다.

콜라를 사서 밖으로 나가는 게 상책이었다. 계산대에서 콜라를 주문하고 주머니에 손을 넣었다. 1,200원밖에 없었다. 100원이 모자랐다. 씨발! 욕이 튀어나왔다. 내 뜻대로 되는 일이 없는, 재수 없는 날이라 미칠 것 같았다. 알바생 누나는 뒷사람에게 주문하라고 눈짓을 했다.

"얼마예요? 여기 있어요."

누군가 내 옆으로 다가와 돈을 내밀었다. 배신자다.

"미친 새끼! 너나 처먹고 힘내서 더 배신 때려. 앞으로 나한테 말도 하지 마.”

녀석의 간사한 목소리만 들어도 속이 뒤틀려 같이 있고 싶지 않았다. 밖으로 뛰어나갔다. 성민이가 콜라를 들고 쫓아와 내 손목을 붙잡았다. 컵 뚜껑이 열리면서 콜라가 넘쳤다. 신발 위에 콜라가 떨어져 운동화 끈이 검게 물들었다.

“왜 지랄이야, 미친 새끼야! 얼른 꺼져.”

당장 녀석의 면상을 후려갈기고 싶었지만 참았다. 이런 녀석과는 더 이상 얽히고 싶지 않았다.

“할 말 있어. 꼭 들어 줘.”

배신자가 내 팔을 세게 붙잡으며 연기를 시작했다. 얼굴보다 속이 더 시커먼 놈이라 가까이하고 싶지 않았다. 언제 뒤통수를 후려칠지 모르는 놈이었다. 녀석의 정강이를 걷어차고 바닥에 침을 뱉고는 신림역 쪽으로 걸어갔다.

“우리 고시원 문 닫아! 고시생이 안 들어와서 집세를 넉 달이나 못 내서 보증금도 날렸어. 완전 빈털터리야. 그래서 다음 달에 시골로 전학 가!”

녀석이 울먹거리며 소리쳤다. 지나가는 사람들이 들어도 아랑곳하지 않고 목소리를 높였다. 듣지 않으려고 했지만 나는 걸음을 멈춘 채 듣고 있었다.

“제사 지내러 시골 갔을 때 우리 집 형편을 알게 됐어. 지난해 태풍 때문에 농사를 망쳐서 할머니도 은행에 빚이 엄청 많아. 할머니는 누구보다 열심히 일했는데도 돈이 없어서 틈만 나면 빈 병이랑 폐지를 주우러 다녀. 엄마가 울면서 돈 없는 집 자식은 공부 못하면 죽어야 한대!”

성민이의 목소리가 심하게 떨렸다. 성민이네 형편이 이렇게까지 어려운지 몰랐다. 궁금하지 않았고, 성민이가 내색하지 않았다. 베스트프렌드라고 말하면서 녀석에 대해 아는 것이 별로 없었다. 우리 집 형편이 어려울 때, 성민이 엄마는 준비물을 두 개씩 사서 챙겨 주었다. 성민이는 아이들 모르게 미리 내 책상 서랍에 넣어 두었고 절대 떠벌리지 않았다. 그때가 떠올라 녀석에게 미안해졌다.

“시험 잘 보고 싶은 맘은 알겠는데, 왜 답을 다르게 적어? 야비하게.”

“1등 해서 엄마를 기쁘게 해 주고 싶었어. 그러려면 너보다는 더 잘 봐야 하잖아. 수학 답을 다르게 적을 땐 너무 힘들었어. 이제 네가 알게 돼서 홀가분해.”

녀석이 입술을 깨물며 진심으로 사과를 했다. 하루에도 몇 번씩 듣는, 그놈의 1등이라는 말에 숨이 막혔다. 우리 식당 간판에도 넌더리가 나는 그 낱말이 적혀 있다.

“커닝까지 하면서 시험 잘 봐서 뭐가 되고 싶어?”

“엄마나 할머니는 내가 공무원이 되면 좋겠대.”

성민이가 담담하게 말했다. 너무 당황스러워 대꾸할 말이 없었다. 하고 싶은 것이 너무 많아 일주일마다 꿈이 바뀌던 성민이였는데, 몇 달 사이에 많이 변했다. 9급 공무원이 꿈인 아이들이 지금도 많은데 또 한 명이 늘어 경쟁이 엄청 치열해질 것 같았다.

"엄마가 미안하다고 전해 달랬어. 우리 햄버거 먹으면서 얘기 좀 하자."

패스트푸드 가게로 들어가 자리에 앉았다. 녀석이 주문을 했다. 물끄러미 성민이를 지켜보았다. 녀석이 떠난다는 것이 믿기지 않았다. 고시촌에서 같이 햄버거를 먹을 날이 얼마 남지 않았다.

"난 배신자야. 평생 반성할게."

성민이가 햄버거 포장을 벗기고 감자튀김 옆에 케첩을 뿌렸다.

"'배신자'는 절에 배 먹으러 가는 사람이야. 담에 배 먹으러 절에 갈까?"

성민이는 고시원으로 돌아갔다. 엄마 아빠를 볼 낯이 없어 나는 고시촌을 돌아다녔다. 밤 10시가 넘어가자 녹두거리는 더 시끄러워졌다. 먹자골목을 지나 윗동네로 올라갔다. 주택가는 번잡하지 않아 마음이 차분해졌다. 골목 끝에 놀이터가 있었다. 가로등 불빛 아래, 빈 그네가 바람에 흔들렸다. 그네에 앉아 몸의 힘을 빼고 다리를 뻗었다. 흔들림이 좋았고 바람의 움직임이 느껴졌다.

오늘 하루 너무 많은 일이 있었고, 생각이 뒤엉켜서 머리가 복잡했다. 중학생이 된 뒤로 답이 없는 고민을 할 때가 많아졌다. 어른들이 말하는 것과 세상은 너무 다르게 움직이는 것 같았다. 열심히만 일하면 잘살 수 있다고 했는데 성민이 할머니는 폐지와 빈 병을 주우러 다닌다. 세상에는 중학생이 모르는 비밀이 많이 숨겨져 있었다. 속이 후련해지게 누군가 정답을 말해 주면 좋겠다.

답답할 때는 댄스 음악을 듣는 것이 최고다. 가방에서 엠피스리를 꺼내 이어폰을 귀에 꽂았다. 빠른 음악에 가만히 앉아 있을 수 없어 일어나서 가볍게 몸을 흔들었다. 놀이터를 걸어 다니며 음악에 빠져 있는데 전화기 진동이 느껴졌다. 아빠다. 받지 않았다. 잠시 뒤 또 진동이 울렸다. 걱정하는 아빠의 얼굴이 떠올라 용기를 내서 통화 버튼을 눌렀다.

"잘못했다고 너무 자책하지 마. 어른들이 똑바로 살아야 너희들이 좋은 모습을 본받지."

"나머지 공부도 싫었고, 공부 잘하는 모습을 엄마 아빠에게 보여 주고 싶어서 그랬어."

"성적 잘 받으라고 닦달한 내 잘못이 크지."

"아빠, 고마워. 이제부터는 정말 잘할게. 엄마 아직도 화 많이 났지?"

아빠가 엄마를 바꿔 주었다.

"어른들도 실수 많이 하는데 무턱대고 화내서 미안해. 바쁘다는 핑계로 네가 어떤 마음인지, 학교생활이 어떤지 너무 무관심했어. 엄마 아빠가 반성 많이 했고 이제부터는 부모 역할 잘할게."

엄마의 다정한 목소리에 긴장이 풀렸다. 다시는 그런 잘못을 저지르지 않겠다고 뉘우치며 가방을 챙겼다.

가게 앞에 도착했다. 일등고시식당 간판이 나를 내려다보고 있었다. 일등, 그 단어는 여전히 나를 불편하게 만들었다. 간판을 외면하며 가게로 들어가려는데 아빠가 큰 종이를 들고 밖으로 나왔다.

"기찬아, 아빠 좀 도와줄래?"

아빠가 내게 테이프와 가위를 내밀었다. 깊은 밤에 무슨 일인지 궁금해 종이를 살펴보았다. 진한 펜으로 쓴 글씨는 삐뚤삐뚤하고 줄이 맞지 않았지만, 아빠의 글씨가 푸근하게 느껴졌다. 문득 아빠에게 한글을 배울 때가 떠올라 웃음이 나왔다.

아빠가 문에 종이를 펼쳤다. 가위로 테이프를 잘라 종이가 떨어지지 않도록 꼼꼼하게 붙이며 글씨를 읽어 내려갔다.

<가게 이름 공모>

고시촌의 변화와 함께 일등고시식당도 새롭게 태어나기 위해 이름을 바꾸려고 합니다. 맛과 친절, 저렴한 가격은 변함없이 지켜 가겠습니다. 가장 멋진 이름을 선물해 주시는 분께 식권 서른 장을 드립니다. 좋은 아이디어 기다리겠습니다.

_일등고시식당 주인백

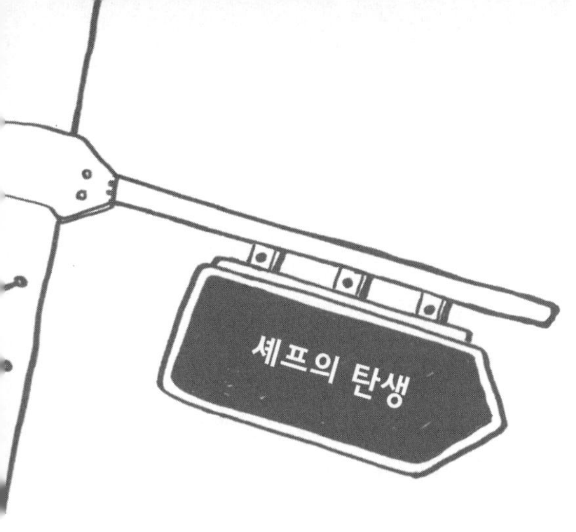

토요일 아침 장사가 끝나 가고 있었다. 고시생들은 가게 이름 공모에 뜨거운 관심을 보였다. 알뜰 주부 9단들은 식권 서른 장을 받기 위해 사법고시를 볼 때보다 더 치열하게 머리를 굴렸다. 일주일 후 공모 결과가 나오면 일등고시식당 간판이 바뀐다.

"어떤 이름이 좋을까? 영어나 한자, 아니면 순우리말?"

친한 고시생 형이 과자를 건네며 물었다. 뇌물에 약해지면 안 된다.

"죄송하지만 저도 심사 위원이 될 것 같아서 말하기가 곤란해요."

당분간 친한 손님과 대화도 나누면 안 되겠다. 자칫 공모의 공정성이 훼손될 수 있다.

"이번 주에 지방 내려가야 하는데 이메일 접수도 가능할까요?”

뿔테 안경이 잘 어울리는 누나가 엄마에게 물었다.

“이메일 접수도 가능한데, 써 본 지가 오래돼서 주소가 가물가물하네요.”

엄마를 대신해 내 이메일 주소를 누나의 스마트폰 메모장에 입력해 주었다.

“블로그나 트위터를 만들어서 고시생들이랑 실시간으로 소통하세요. 그러면 장사에 도움이 될 거예요.”

누나가 가게를 나갔다.

엄마가 트위터와 블로그에 대해 자세하게 물었다. 나는 인터넷에 접속해서 트위터와 블로그가 어떤 것인지 직접 보여 주며 설명을 했다.

“주방에서 밥만 하는 동안에 세상이 빠르게 돌아가고 있구나. 이렇게 살면 안 되는데.”

엄마가 한숨을 쉬며 모니터를 들여다보았다.

손님들이 식사를 마치고 모두 나갔다. 여기저기 빈 그릇이 쌓여 있어 어수선했지만 느긋한 토요일 아침이었다. 엄마가 창문을 활짝 열었다. 신선한 바람에 음식 냄새가 사라졌다. 바람에서 여름의 기운이 묻어났다.

아침 장사가 끝나면 점심 준비를 하는 것이 우리 식당의 법칙이다. 점심은 짜장밥이라서 양파가 가장 중요하다. 그런데 양파 껍질을 벗겨야 하는 아빠가 노래를 흥얼거리며 외출 준비를 했다. 아빠가 땡땡이를 치면 그 일은 고스란히 내 몫이 된다. 커닝 사건 이후 벌로 집안일을 돕기로 약속했지만, 이러면 곤란하다. 아빠가 불성실하면 나도 파업할 수밖에 없다.

"수영반에서 단합대회를 가는데 준비팀이라 일찍 가야 해."

아빠가 수영 가방을 챙기며 단호하게 말했다.

"늦바람이 무섭다더니 당신을 두고 하는 말이네. 주말엔 손님이 적다지만 어떻게 혼자 일해?"

"기찬아, 엄마 좀 도와 드려라. 미안하지만 꼭 가야 해. 진짜 바람났으면 떠벌리고 다니지도 않아."

아빠는 누구의 대답도 듣지 않고 사라져 버렸다.

가게 앞 햇빛이 잘 드는 곳에 쭈그리고 앉아 양파를 벗겼다. 고작 세 개를 벗겼는데 눈물이 찔끔 흘렀다. 중국집에서 양파를 벗기는 알바생 형들은 피도 눈물도 없나 보다. 잠깐 딴생각을 하는 사이 칼끝이 엄지손가락을 찔러 피가 났다. 양파즙까지 들어가 아렸다. 이러다가 주부 습진에 걸릴까 두려웠다. 365일을 가게에서 일하는 것보다 차라리 학교에서 까칠박과 군사부일체 정신을 실천하는 편이 낫겠다.

신미래 여사와 내가 부지런하게 움직인 덕분에 점심 장사가 무사히 끝났다.

김판사 아저씨가 밥을 남긴 채 구석에 앉아 먼산바라기를
하고 있었다. 짜장밥을 좋아해서 두 그릇도 뚝딱 해치우는
'식신'의 모습은 찾아볼 수 없었다. 게다가 눈동자에 초점이
없어 멍해 보였다.

"무슨 일 있으세요? 어디 아파요?"

살얼음이 가득한 식혜를 마시며 의자에 앉았다.

"생각할 게 많아서 산책 겸 관악산 절에 갈 건데, 같이 안
갈래?"

아저씨 얼굴을 보니 권유가 아니라 명령이었다. 피곤했지
만 웰빙 가출 때 신세 진 것을 갚는 셈 치고 따라나섰다.

관악산은 벌써 여름을 맞이할 채비를 끝냈다. 나뭇잎은 진
한 초록색으로 변했고, 바람은 끈적거렸다. 목에 물수건을 두
르고 천천히 걸었는데도 등줄기로 땀이 흘렀다. 숲이 우거진
곳을 지날 때는 날벌레가 달려들었다. 손을 휘저으며 거침없
이 때려잡았다. 손등에 묻은 날벌레 시체는 나뭇잎으로 말끔
하게 처리했다.

아저씨는 넋이 나간 사람처럼 힘없이 걸었다. 농담을 해도
시큰둥했다. 왜 같이 오자고 한 건지 짜증이 났다. 이럴 줄 알
았으면 엠피스리를 가져왔을 것이다.

"아저씨, 무슨 일 있어요?"

아저씨는 말이 없었다. 먼저 입을 열면 지는 게임을 하는

것 같았다. 아저씨는 시험에 떨어지고서도 멀쩡하게 잘 이겨
냈는데 갑자기 무슨 일이 생겼나, 걱정이 되었다. 아저씨는
여전히 대답이 없었다.

절에 도착했다. 등짝이 땀에 젖고 목이 말랐다. 부처님을
만나는 것보다 샘물을 마시는 게 우선이었다. 부처님도 가여
운 중생이 갈증에 쓰러지기를 바라지는 않을 거다. 구석에 있
는 샘물을 떠서 세 바가지나 마셨다.

아저씨는 땀 냄새를 풍기며 대웅전에 들어갔다. 더운 날씨
탓에 대웅전 문이 활짝 열려 있어서 안이 잘 보였다. 아저씨
는 무릎을 꿇고 절을 하더니 엎드린 채로 계속 있었다.

세수를 하고 티셔츠로 얼굴을 대충 닦았다. 얼굴의 물기가
마르기를 기다리며 대웅전을 보았다. 5분이 지나도 아저씨는
계속 그 자세였다. 깜빡 잠이 든 것일까? 대웅전에 들어가 아
저씨 옆으로 다가갔다. 그런데 아저씨의 몸이 조금씩 흔들리
며 희미하게 흐느끼는 소리가 들렸다. 기도를 하던 할머니들
이 멈칫하며 아저씨를 곁눈질했다.

"아저씨, 왜 그래요?"

아저씨에게 귓속말을 했다. 그제야 아저씨는 손등으로 눈
가를 훔치고 조용히 밖으로 나갔다.

대웅전 뒤 그늘에 아저씨와 나란히 앉았다. 축축한 흙에서
올라오는 차가운 기운과 서늘한 바람에 땀이 식었다. 싱그러

운 풀 냄새와 나무 냄새도 좋았다. 아저씨가 한참 동안 뜸을 들이다가 입을 열었다.

"같이 고시 수업을 들었던 친구가 독한 마음을 먹고 떠났어."

"베스트프렌드가 공부 접고 고시촌을 떠나면 쓸쓸하겠죠."

성민이가 고시촌을 떠나면 나도 아저씨와 같은 마음일 것이다.

"그래, 공부를 접고 떠났어. 이 세상을! 며칠 전에 시골 뒷산에서 목숨을 끊었대."

아저씨가 나직하게 말했다. 자살이냐고 되물을 자신이 없었다. 영화에서 본, 나무에 목을 매어 죽는 장면이 떠올라 몸서리가 쳐졌다. 나는 그 시간에 개그 프로그램을 보며 시시덕거리고 있었을 것이다. 아저씨 친구는 달빛도 없는 캄캄한 산길을 혼자 걸으며 무슨 생각을 했을까? 살고 싶어서 비명을 지르며 도와 달라고 하지는 않았을까?

"장례식이 끝났어. 연락을 받았어도 그 먼 곳까지 갈 형편이 안 됐지. 너무 허무하게 죽었지만 조문객도 별로 없었을 테고, 집에서도 쉬쉬했겠지. 꿈이 많은 친구였는데, 오죽했으면 그런 마음을 먹었는지 잘 아니까 더 미안하네."

아저씨가 화장실에서 챙겨 온 휴지로 코를 풀었다.

"세상은 그 친구가 게으르고 무능해서 죽었다고 손가락질할 거야. 하지만 그 친구는 누구보다 열심히 공부했고, 알바 하면서 악착같이 생활비를 벌었어. 힘들고 외롭다고 말하고 싶었겠지만 곁에 아무도 없었을 거야.”

“아저씨가 그 친구를 기억해 주고 있잖아요.”

“조카 같은 너한테 쓸데없는 소리를 하는데도 들어 줘서 고마워. 털어놓으니까 속이 좀 후련해.”

아저씨가 일어나서 어딘가를 향해 두 손을 모으고 고개를 숙였다.

내려오는 길은 발걸음이 가벼웠지만 마음이 무거웠다. 나무를 볼 때마다 오싹했고 비명이 들리는 것도 같았다. 가슴이 딱딱해지며 약한 통증이 느껴졌다. 날벌레가 달려들어도 차마 죽일 수 없었다. 아저씨 친구가 좋은 곳에 가기를 바라며 마음속으로 기도했다.

관악산 어귀에 다다랐다. 등산을 했더니 속이 헛헛했다. 누군가의 서글픈 죽음을 알았지만 나는 배가 고파 떡볶이를 떠올리고 있었다.

“배고프지 않아요? 점심도 거의 안 드시고 산에 올랐잖아요.”

“잘 먹고 친구 몫까지 열심히 살아야지. 떡볶이 먹을까?”

녹두거리 떡볶이 포장마차로 걸어가는데 구민회관 앞에서

큰 소리가 들렸다.

"냉국수 무료로 드립니다!"

앞치마를 입은 아저씨가 손나발을 하고 소리를 질렀다. 날씨도 덥고 목도 마른데, 떡볶이보다 냉국수가 먹고 싶어졌다. 사실 무료라는 말에 더 끌렸다.

"무슨 행사하는 날이에요?"

"구민회관 남성 요리반이 가정의 달을 맞아 어르신들에게 식사를 대접했는데 국수가 남았어."

앞치마를 입은 아저씨가 구민회관 지하로 들어가라며 턱짓을 했다.

지하 식당에는 할머니 할아버지 들이 드문드문 앉아 있고, 한쪽에서는 식탁을 닦고 있었다. 나는 김치와 단무지를 떠서 식탁에 놓았다.

"냉국수 곧 준비할게요!"

주방에서 어떤 아저씨가 소리쳤다. 그런데 목소리와 말투가 귀에 익숙해 나도 모르게 주방으로 고개를 돌렸다. 주방장 아저씨의 통통한 뒤태가 낯이 익어 유심히 살펴보았다. 그 아저씨가 쟁반을 들고 뒤로 돌았다. 저질 뒤태의 주인공은 나원대 씨였다.

"수영반에서 단합대회 간다며? 여기가 수영장이야?"

"사장님, 여기서 뭐 하세요?"

김판사 아저씨의 목소리가 커졌다. 아빠가 쑥스럽게 웃으며 쟁반을 들고 우리 곁으로 왔다.

"수영 등록하러 구민회관에 갔다가 남성 요리반 안내문을 봤어. 엄마가 아파서 가게 문을 닫았을 때가 떠올라서 요리 강좌를 신청했지."

아빠가 더듬거리며 말을 이었다. 멀리서 날아온 깡통에 머리를 맞은 듯 얼떨떨했다. 그동안 쌓였던 아빠에 대한 여러 가지 의문이 자연스레 풀렸다. 하얀색 요리사 모자와 빳빳하게 다린 조리복이 아빠와 잘 어울렸다. 나원대 셰프의 탄생이었다.

"요리 재미있어요?"

아저씨가 냉국수 국물을 들이켰다.

"무엇보다 친구가 생겨서 행복해. 저 사람들이 이젠 다 내 친구잖아."

아빠와 함께 요리 공부를 하는 아저씨들이 다가왔다.

"반장님 아드님이세요? 반장님 닮아서 똘똘하게 생겼네요."

"춤도 잘 추고 방송에도 나왔다면서? 반장님이 엄친아라고 자랑 많이 하셨는데."

엄친아라는 말에 얼굴이 달아올랐다. 귀까지 뜨거워졌다. 엄친아의 뜻이 그새 바뀌었나 보다.

"맛 어때?"

아빠가 조심스레 물었다. 성적표를 받기 직전의 학생과 비슷한 얼굴이었다. 늘 아빠에게 혼나고 눈치 보는 입장이었는데, 처음으로 상황이 바뀌었다. 양손을 들고 엄지손가락을 치켜세웠다. 국수는 시원하고 쫄깃쫄깃했다.

"고시촌이 없어지면 가게도 바뀌어야 하잖아. 음식 때문에 건강을 해치기도 하는데, 건강 웰빙 식당을 차리면 어떨까? 꿈이 생겨서 요즘 뿌듯해. 조리사 자격증도 딸 건데, 그때까지 엄마한텐 비밀이야. 깜짝 선물을 주고 싶어!"

"사장님, 정말 멋져요. 오늘부터 사장님은 제 롤모델이에요. 방금 전까지 너무 우울했는데 희망이 생겼어요. 이 나이에 무엇을 할 수 있을까 고민이 많았거든요. 이젠 뭐든 할 수 있다는 자신감이 생겼어요."

아저씨가 요리사 모자를 써 보았다. 인사치레로 허투루 내뱉는 말이 아니라는 것을 나는 잘 안다.

"시험 접고 난 뒤부터 실패했다는 자괴감에 시달렸어. 가게 일은 손에 안 잡히고 우울해서 기찬이에게 공부하라고 닦달했지. 그 시간이 없었다면 지금 배우는 요리가 이렇게 행복하지는 않았을 거야. 다음 주부터 조리사 자격증 공부할 건데, 잘할 수 있을지 걱정이야."

손님들이 들어오자 아빠는 주방에 가서 능숙하게 김치와

대파를 썰었다. 아빠는 이곳에서도 아는 척을 쏟아 내며 자원봉사를 이끌었다. 이 소식을 엄마에게 알리고 싶었지만 참아야 했다.

손님들이 모두 나갔다. 아빠가 주방 정리를 시작했다. 냉국수를 공짜로 얻어 먹을 수는 없어 아저씨는 설거지를 하고, 나는 식탁을 닦았다. 정리를 마치고 아빠는 요리 공부 하는 아저씨들과 아이스커피를 마시며 조리사 시험 이야기를 나누었다.

"튀김은 중온, 160도에서 튀겨야 가장 바삭바삭하고 타지 않는다. 기름에 소금을 떨어트려서 소금 알갱이가 튀김 팬 바닥에 내려갔다가 천천히 올라오면 저온, 소금 알갱이가 바로 올라오면 중온, 소금이 기름 위에서 거품을 내면서 퍼지면 고온이다. 맞지?"

아빠가 공부한 것을 외우며 다른 아저씨에게 물었다.

"아빠, 공부 중독자 아니야?"

"실제로 튀김을 해 본 사람들은 한 번 읽으면 바로 알지만, 난 머리로만 외우니까 잘 모르겠어. 그래서 공부 못지않게 경험이 중요한 거야."

아빠는 내일 조리사 자격증 책을 사러 신림역 서점에 간다고 했다. 아빠에게 필요한 책이 고시촌 서점에 없다니. 엄청난 변화였다. 아빠가 열심히 공부할 수 있도록 힘이 될 만한 선물을 주고 싶었다. 무엇이 좋을까 궁리하는데 댄스배틀에서 받은 문화상품권이 떠올랐다. 성민이가 '리틀 자린고비'라고 놀릴 때도 게임머니를 사기 위해 아껴 둔 것이었다. 불고기 버거와 피시방 정액권의 유혹에 잠깐 흔들렸지만 마음을 정했다. 나는 아빠 어깨를 주무르는 척하며 아빠 윗옷 주머니에 상품권을 넣었다.

봉사활동이 성공적으로 끝났다. 아빠는 조리복과 주방장 모자를 다른 아저씨에게 맡기고는 가방에서 수영복을 꺼내 물에 적셨다.

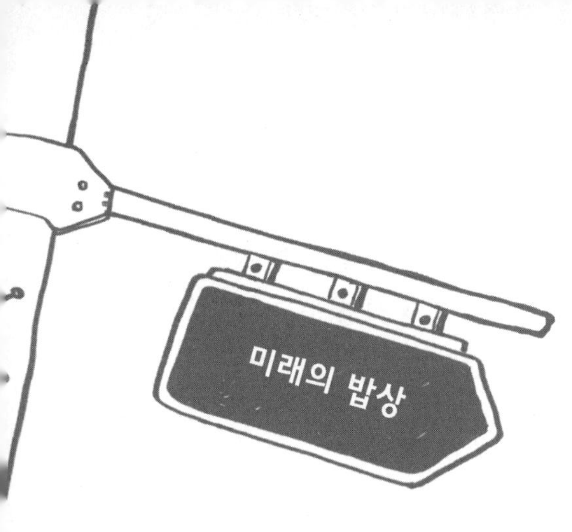

까칠박 책상에 반성문을 올려놓고 성민이와 교무실을 나왔다. 우리는 '반성문의 교과서'라고 할 만큼 진심을 담은 반성문을 썼다. 그럴듯한 거짓말을 보태 작품성이 뛰어난 소설이 될 때도 있었다. 한 글자, 한 글자 꾹꾹 눌러쓴 반성문을 담임은 훑어보지도 않고 쓰레기통에 처박을 것이다. 노력이 아까웠다. 반성문을 한글 파일로 옮겨서 전국 청소년들이 반성문을 쓸 때 참고할 수 있도록 인터넷에 무료로 배포해야겠다. 그렇게라도 사회에 재능 기부를 하고 싶다.

"가게 이름 공모에 선정되면 식권이 서른 장이야. 넌 돈으로 받을 수도 있어."

성민이에게 공모하는 까닭도 간단히 설명했다.

"내가 잘못한 게 많으니까 멋진 이름을 선물해야겠네."

다음 시간은 영어 수업이라 교실을 옮겨야 한다. 아이들이 뛰어다녀 복도가 어수선하고 먼지가 피어올랐다. D반 교실은 한 층 위 복도 끝에 있어서 서둘러야 했다. 하지만 느긋하게 걸었다. 며칠 전에 계단에서 아이들이 뒤엉켜 미끄러지는 사고가 있었다. 학교에서 순직하고 싶지 않았다.

창밖으로 관악산이 보였다. 아저씨와 절에 다녀온 일이 생각났다.

"아저씨 친구가 공부 스트레스로 목숨을 끊었대. 내 주변에서 그런 일은 처음이라서 엄청 놀랐어. 우리도 성적 스트레스 받고 있어서 그런지 남의 일 같지 않아."

아저씨에게 들은 이야기를 짧게 전했다.

"그 아줌마 우리 고시원에 몇 달 살아서 잘 알아. 그런 일이 있어서 아저씨가 기운이 없었구나."

"여자였어?"

목소리가 커서 복도에 울렸다.

"그 아줌마 불면증 때문에 수면제를 많이 먹어서 눈이 퀭하고 얼굴이 어두웠지. 그래도 친절하고 부지런해서 엄마 대신 휴게실에 밥도 안치곤 했는데, 안타까워."

성민이의 목소리가 차분해졌다.

"아저씨가 그 아줌마를 마음에 두고 있었나?"

"그런 것 같아. 아줌마가 시골에 내려간 걸 알고 아저씨가 얼마나 시무룩해했는지 몰라. 아줌마가 고시원에 있을 때 둘이 늘 옥상에서 커피를 마셨어. 그때처럼 아저씨가 행복해 보인 적이 없었는데."

성민이의 말을 듣는 동안 아저씨가 떠올랐다. 아저씨가 크게 상처를 받은 것은 아닌지 걱정이 되었다.

"아줌마 이야기를 하니 왠지 두려워. 나도 성적 압박이 너무 심해서 잠도 못 자고 우울했어. 오죽했으면 커닝할까 고민했겠냐. 평생 성적에 시달리다가 우리도 그 아줌마처럼 될지 몰라. 대책을 세워야 해."

성민이가 말했다.

"거기 두 놈! 수업 종 친 지가 언젠데, 안 뛰어!"

까칠박이 소리를 질렀다.

영어선생님의 수면제 같은 목소리가 계속되었다. 평소 같으면 좋았겠지만 오늘은 달랐다. 아침에 먹은 연두부가 상했는지 배에서 소리가 났다. 엉덩이에 힘을 주며 시계를 보았다. 10분이 지나면 수업이 끝난다. 그때까지는 참아 보기로 했다.

종이 울렸다. 책을 챙겨 경보를 하듯 앞쪽으로 걸어갔다. 앞문을 지나야 화장실에 빨리 갈 수 있었다.

"나기찬, 3학년 5반에 가서 현진수한테 교무실로 오라고 전해."

영어선생님은 내 대답도 듣지 않고 교실을 나갔다. 성민이에게 부탁하려고 했지만 보이지 않았고, 3학년 교실에 가는 일이라 다른 녀석들은 고개를 저었다. 어쩔 수 없이 엉덩이에 힘을 주며 계단을 올라갔다.

5층에 무사히 도착했다. 3학년 선배들만 있어서 무서웠지만 머뭇거릴 시간이 없었다.

3학년 5반 교실에 갔다. 다행히도 선배의 인상이 부드러워 편안하게 이야기를 할 수 있었다. 선배가 고맙다며 1층 교무실로 내려갔다. 긴장이 풀리자 배가 더 아팠다. 이 상태로는 계단을 내려갈 수 없었다.

복도 끝에 있는 화장실로 어기적거리며 걸어갔다. 선배들이 없어 안심하며 변기에 앉아 엉덩이에 힘을 주었다. 오랫동안 참았더니 시원함이 두 배였다. 자유로움을 만끽할 때, 목소리가 들려왔다.

"빨리 담배 꺼내. 빛나리한테 걸리면 또 엄마 호출이야."

"괜찮아. 얼빵한 새끼가 망보고 있어. 얼른 니층 끝내자."

라이터 켜는 소리가 들리고 연기가 피어올랐다. 3학년 선배들이 니코틴 충전 중인가 보다.

"근데 이거 무슨 냄새냐? 어떤 똥쟁이냐?"

목소리가 걸걸한 선배가 변기칸 문을 발로 걸어찼다. 나는 움찔하며 긴장했다.

"얼른 튀어! 빛나리 떴어!"

밖에서 다급한 목소리가 들리자 선배들이 도망치는지 한바탕 소란스러웠다. 화장실은 고요해졌다. 편안하게 볼일을 마치고 밖으로 나갔다. 그런데 학생부장 '빛나리'가 나를 째려보고 있었다.

"1학년이 대범하게 3학년 화장실에서 담배 피우네. 그러고 보니 중간고사 때 부정행위를 저지른 녀석이지? 부모님 생각해서 공부 열심히 하고 착하게 살아야지."

"담배 안 피웠어요. 그리고 커닝이랑 담배랑 무슨 상관이에요?"

"반성은 하지 않고 선생님한테 따지고 드는 못된 버릇! 바닥에 떨어진 담배꽁초는 뭐냐? 그리고 이 냄새는?"

빛나리가 기다란 사랑의 매로 옆 칸에 떨어진 담배꽁초를 가리켰다.

교무실로 붙잡혀 갔다. 빛나리가 나를 까칠박에게 넘겼다.

"참 버라이어티하게 학교생활 한다. 불량 학생 종합선물세트잖아. 제발 부탁인데, 공부하기 싫으면 사고라도 치지 마라. 너 때문에 창피해서 얼굴을 들고 다닐 수가 없어."

"담배 안 피웠어요."

담배꽁초를 국립과학수사연구원에 보내 필터에 묻은 침이 내 침이 아니라는 것을 증명하고 싶었다.

"처음이라 학생부로 넘기지는 않을 테니까 꿇어앉아서 반성문 써. 하나를 보면 열을 알 수 있다고, 공부 못하는 녀석들은 착하지도 않아. 커닝할 때부터 알아봤어!"

흡연 학생이라는 오해보다 더 화나는 것은 모든 것을 성적과 연결시키는 까칠박의 이상한 뇌 구조였다. 성적이 좋은 학생은 담배를 피우지 않을 거라는 연구 결과가 있는지 따지고 싶었다. 공부 못하는 녀석은 불성실하고, 거짓말을 잘한다는 편견 때문에 청소년 화병이 도졌다.

탈출하고 싶었지만 참고 견뎌서 나머지 공부까지 마쳤다. 땡땡이치면 가중 처벌을 받을 테고, 그러면 자퇴하고 싶어질 것 같았다. 1년 전과 너무 다른 학교생활에 분통이 터졌다. 학교가 나를 문제아로 육성하고 있었다. 꼬인 매듭을 어떻게 풀어야 할지 막막해서 한숨만 나왔다.

녹두거리를 걸었다. 입학하고 나서부터 오늘까지를 찬찬히 돌이켜 보았다. 많은 일들이 있었는데, 모두 성적 때문에 벌어졌다. 내 뜻과는 상관없이 억울하게 끌려다니고 있었다. 이럴수록 침착하게 대응해야 한다. 학교가 싫다고 먼저 도망치지는 않을 것이다. 나는 주먹을 불끈 쥐며 학교 쪽을 노려보았다.

싸워서 이기려면 든든하게 배를 채워야 한다. 배가 고파 서

둘러서 가게로 향했다.

저녁 장사를 시작할 시간이 아닌데 사람들이 가게 안을 기웃거렸다.

"지역 신문사에서 고시촌 특별 취재 나왔대. 고시생들이 뽑은 대표 가게 사장님들이 모여서 인터뷰하고 있어."

설렁탕 집 아줌마가 부러운 얼굴로 말했다.

조용히 가게 안으로 들어갔다. 식탁 여러 개를 나란히 붙여 놓고 엄마 아빠, 몇몇 가게 주인아저씨들이 앉아 있었다. 인터뷰는 거의 끝나 가고 있었다. 사진기자 아저씨가 여러 각도에서 사진을 찍었고, 다른 기자 아저씨가 이야기를 이끌었다.

"마지막으로 고시촌이 여러분에게 어떤 의미가 있는지, 앞으로의 계획이 뭔지 말씀해 주십시오."

기자 아저씨가 엄마 앞에 녹음기를 갖다 놓았다.

"고시촌은 제게 특별한 곳이죠. 고시생 남편과 결혼해 이곳에서 신혼살림을 시작했고, 남편이 시험을 포기했을 때는 도망도 치고 싶었습니다. 참 징글징글한 곳인데, 어느덧 고시촌이 제 삶의 희망이 되었어요. 고시생들의 마음을 저만큼 잘 아는 사람, 여기 없을 거예요. 그래서 저를 푸근한 아줌마, 이모라고 생각하고 이렇게 대표 가게로 뽑아 줬다고 믿어요. 요즘 부쩍 삶이 재미없고 무의미한 것 같아 울적했는데 누군가 저를 기억해 주고 칭찬해 줘서 힘이 나네요. 이제 가게 이름을 바꾸고, 새로 고시촌에 들어오는 사람들과 함께 성장하려고 합니다. 더 맛있는 음식으로 보답하겠습니다.”

엄마가 쑥스러워하면서도 차분하게 말했다. 나는 양 엄지손가락을 치켜세우며 엄마를 응원했다.

인터뷰가 끝나고 학원과 고시원이 몰려 있는 골목에서 사진 촬영을 했다. 가운데에 서서 어깨를 쫙 펴고 활짝 웃는 엄마가 유명 여배우보다 훨씬 아름다웠다. 멋진 옷을 차려입지도 않았고, 명문 대학은커녕 상업고등학교 야간 과정을 졸업한 우리 엄마. 하지만 누구보다 당당하고 빛났다. 공부 못한다고 주눅 들지 말고, 누구보다 내가 잘할 수 있는 것을 찾아 엄마처럼 열심히 노력하고 싶어졌다. 엄마는 내 삶의 롤모델이었다.

이름 공모 심사가 시작되었다. 아빠가 접수함을 열었다. 응모지가 마흔여덟 장 들어 있었고, 이메일로 두 건이 접수되었다. 공정성을 위해 응모지에는 이름 대신 전화번호만 적도록 했다.

“재치 있고 기발하면서도 정다운 분위기가 풍기는 이름을 뽑아 주세요. 웰빙 식단도 계획하고 있으니까 여러 가지 가능성을 생각해서 심사해 주십시오.”

엄마가 심사 위원을 대표해서 심사 기준을 발표했다.

공부 잘하는 고시생들의 아이디어를 심사하게 돼 짜릿했다. 당선되기를 간절하게 바라고 있을 응모자들이 떠올라 한 글자도 허투루 읽을 수 없었다. '희망식당', '합격식당', '이모네 식당', '고시천국' '밥cafe'는 점수를 주고 싶어도 창의성이 빵점이었다.

30분이 지났다. 예심을 통과한 열 편을 돌려 읽고 본심 토론을 시작했다.

"영어가 많이 들어간 것 같아서 탈락이야. 우리말의 아름다움을 지킨 순우리말에 가산점을 주자."

"유행어가 들어가면 몇 년 지나서 촌스럽고 어색하잖아."

우리 세 사람은 치열한 토론 끝에 '미래의 밥상'으로 의견을 모았다. 엄마가 강력 추천한 이름이었다.

"미래 지향적이잖아. '미'에는 두 가지 의미가 있어. 맛있을 미(味)와 아름다울 미(美), 거기다가 올 래(來)! 맛있는 밥을 먹으면 아름다운 인생이 온다는 의미가 참 좋아."

"미래의 밥상이 나름 괜찮은데, 만약 주방장이 바뀌면 어떻게 하지?"

아빠가 따지듯이 물었다. 가게 주도권 다툼을 벌써 시작한 것이다.

"미래의 밥상이 번창해서 분점을 내면 가게 이름을 '원대한 밥상'이라고 하면 되잖아."

내가 타협안을 내놓자 엄마 아빠 모두 수긍했다. 그렇게 가게 이름이 결정되었다.

응모자 모두에게 식권 한 장을, 본심 후보에게는 식권 다섯 장을 선물하자고 엄마가 제안했다. 당선자에게만 상품을 주면 또 1등만 기억하는 것이 되니까.

"안녕하세요. 일등고시식당입니다. 가게 이름 공모에 당선되었습니다. 축하합니다."

엄마가 너스레를 떨면서 말을 이어 나갔다.

"창의성이 돋보여서 심사 위원 세 명 모두가 동의한 좋은 이름이었어. 고마워."

당선자는 성민이였다. 나는 맹세코 성민이에게 엄마 이름을 알려 주지 않았다. 성민이는 김판사 아저씨를 통해 정보를 얻었을 것이다.

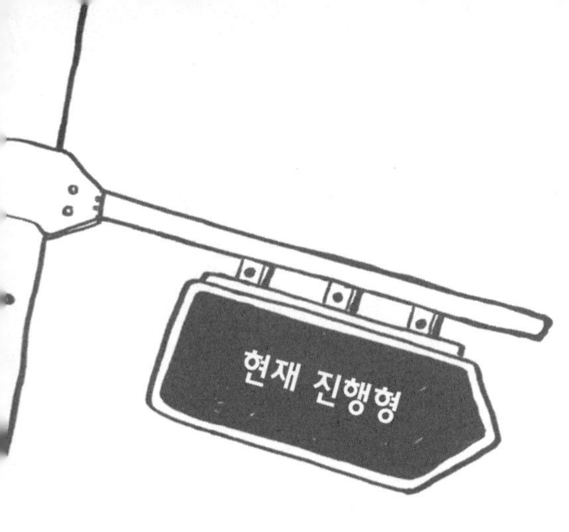

일등고시식당 간판을 올려다보았다. 간판은 군데군데 녹슬고 일등의 'ㄹ'이 흐릿해서 멀리서 보면 '이등'처럼 보였다. 간판 가게 아저씨들이 간판을 뜯어 바닥에 내려놓았다. 엄마가 간판을 만지며 눈시울을 붉혔다.

트럭에 실려 있는 새로운 간판이 단단하게 자리를 잡았다. 오늘부터 일등고시식당은 '미래의 밥상'으로 새롭게 시작한다. 간판 디자인은 단순하지만 산뜻했다. 특히 숟가락과 젓가락 그림이 익살스러워 눈길을 끌었고, 큼지막하게 적힌 '미래의 밥상' 글씨가 시원스러웠다. 칙칙했던 골목이 간판 덕분에 밝아졌다.

"평생 아줌마, 이모, 엄마로만 불려서 병원에서 '신미래 씨' 하고 간호사가 불러도 멍하게 있을 때가 많았어. 그런데 이제 내 이름을 찾게 됐네. 나 자신에게 부끄럽지 않도록 좋은 음식 만들어서 사회에 기여할 거야."

엄마가 간판을 올려다보며 다짐했다.

"기찬이 엄마, 아니 신미래 사장님! 이제 신문에 나오는 유명인이 됐네. 축하해!"

설렁탕 집 아줌마가 지역 신문 〈관악구민타임즈〉를 가지고 왔다. 엄마가 신문을 펼치며 기사를 훑어보았다. 몇 장을 넘기자 '우리 시대의 흔적, 고시촌'이라는 굵은 제목이 보였다. 두 달 동안 연재되는 특집 기사인데, 두 번째로 우리 가게가 소개되었다.

아빠가 큰 소리로 기사를 또박또박 읽어 내려갔다.

〈고시촌을 대표하는, 진짜 일등! 고시식당〉

제목을 멋지게 뽑았다고 엄마가 감탄했다. 신미래 여사가 어떻게 해서 고시촌에 터를 잡게 되었는지, 고시생들의 사랑을 받는 비법은 무엇인지 자세하게 적혀 있었다. 앞치마를 입고 흐뭇하게 웃는 엄마의 사진도 실렸다.

"기자들이 사진 보는 안목이 없어. 왜 하필 호빵맨처럼 나온 사진을 신문에 실어?"

엄마는 입을 삐죽거리면서도 흡족한 얼굴이었다.

잠시 뒤, 이름 공모 시상식이 열렸다. 엄마는 제본 가게에 부탁해 상장까지 만들어 놓았다.

"공모 당선자, 박성민. 위 사람은 고시촌의 변화를 탁월하게 읽어 내, 새로운 감각으로 가게 이름을 지었기에 이에 시상합니다. 미래의 밥상 대표 신미래."

엄마가 성민이에게 상장과 식권 서른 장 상당의 상금을 주며 악수를 청했다.

새로운 간판을 배경으로 기념사진을 찍고 '제2의 창업식'을 마쳤다. 이제 '미래의 밥상' 시대가 활짝 열렸다.

며칠이 지났다. 간판이 바뀌고, 엄마의 신문 인터뷰 기사가 소문이 나면서 손님이 늘었다.

"고시촌 맛집을 검색했는데 이 식당이 소개되어 있었어요."

유모차를 끌고 젊은 아줌마가 들어왔다.

"벌써 그렇게 홍보가 됐어요? 역시 언론의 힘이 세네요."

엄마가 계산대 옆에 붙여 놓은 인터뷰 기사를 가리키며 어깨를 으쓱거렸다.

그사이에 손님이 다양해졌다. 아이를 데리고 오는 아줌마들이 제법 많이 보였다. 꼬마들이 뛰어다녀 정신없었지만 가게에 활기가 넘쳤다. 꼬마들의 입맛을 고려한 메뉴 개발이 시급해졌다. 구석에 앉아서 밥을 먹던 개인주의 고시생들도 꼬마들에게 장난을 치며 잠시라도 공부의 압박에서 벗어났다.

엄마는 아줌마들 옆에 앉아서 아침 식사를 어떻게 하는지, 어떤 음식을 좋아하는지를 물으며 수첩에 메모를 했다.

“고민 있으면 언제든 나한테 와서 상담해요. 내가 뭐든 들어 주고 좋은 이야기를 해 줄게요. 산전수전 공중전을 모두 겪어 봐서 젊은이들한테 해 줄 말이 뱃살만큼 쌓여 있어요.”

신미래 여사는 고시생들의 엄마, 이모에서 벗어나 모든 사람들의 이모로 새로 태어날 준비를 마쳤다.

손님들이 모두 나가고 엄마가 나를 불렀다.

“기찬이를 미래의 밥상 청소년 기획 위원으로 위촉할게. 청소년들의 입맛을 연구해서 좋은 의견을 보고서로 작성해 제출하면 연구비를 줄 거야. 그리고 가게 블로그와 트위터를 만들어서 온라인 마케팅도 할 건데 네가 관리해 줘.”

“당연히 열심히 해야죠. 저만 믿으세요. 신미래 대표님!”

기획 위원이라는 직함과 연구비에 귀가 솔깃했다. 무엇보다 내 능력을 인정해 주는 것 같아 뿌듯했다. 이번 기회에 가게 경영에 참여하는 것도 좋은 경험이 될 것이다. 그리고 열심히 활동해서 연구비를 두둑하게 챙겨야겠다.

엄마는 제2의 창업과 더불어 똥폰을 스마트폰으로 바꾸는 결단을 내렸다. 스마트폰족답게 가게 운영 방식도 바꾼단다. 트위터 계정을 만들어서 실시간으로 ‘오늘의 메뉴’를 알리고, 블로그에 음식 사진과 요리법도 올릴 예정이라고 엄마가 포부를 밝혔다.

아빠를 도와 가게 청소를 마치고 불합격고시원으로 향했

다. 오늘 아침 고시생들이 모두 짐을 싸서 떠나 한창 고시원
을 정리하고 있을 것이다.

　고시원은 텅 비어 있었고 온기가 없어서 싸늘했다. 불을 켜
지 않아 어두컴컴해 을씨년스럽기까지 했다. 창문이 있는
302호 방문을 열자 가느다란 햇살이 들어왔지만 고시원 전
체를 밝히기에는 부족했다. 바닥에 수건, 신문지, 낡은 티셔
츠들이 널려 있고 발자국이 어지럽게 찍혀 있었다. 때 묻은
이불도 나뒹굴었다. 재개발을 앞두고 모두가 떠난 황폐한 동
네 같아 스산했다. 재활용센터 아저씨들이 이미 책상과 침대
를 치워서 도울 일은 많지 않았다.
　305호 문을 열었다. 침대와 책상이 없어 휑했다. 형광등 스
위치를 눌렀지만 불이 들어오지 않았다. 형광등을 떼어 낸 천
장에는 전깃줄이 흉하게 엉켜 있었다.
　"웰빙 가출 때 이 방에서 하룻밤 잤어. 역사적인 장소야."
　나는 첫 가출 때를 떠올렸다.
　"부모님 허락을 받지 않고 밖에서 자면 어떤 기분일지 궁
금해. 나도 웰빙 가출을 하고 싶을 때 너희 집에 갈게."
　성민이 목소리가 고시원에 울렸지만 입을 다물라고 눈총
주는 사람은 없었다. 김판사 아저씨는 성민이네가 시골로 떠
나기 전까지 고시원에 살 수 있었다. 아줌마의 마지막 배려

였다.

"아침에 햇빛을 보며 눈을 뜨고 싶었어. 봄비 내리는 소리도 듣고 싶었는데 마지막에 횡재하네. 내일은 비가 오면 좋겠어."

아저씨 곁에서 옅은 휘발유 냄새가 났다. 아저씨는 틈틈이 주유소에서 아르바이트를 해 학원비를 마련하고 있었다.

아저씨는 볕이 가장 잘 들어오는 312호로 이사를 했다. 짐은 책과 낡은 옷, 누렇게 변하고 끝이 너덜너덜해진 얇은 이불이 전부였다. 아저씨는 복도에 신발을 벗고 방에 들어가 청소를 했다. 열흘이 지나면 또 보금자리를 찾아 떠나야 하기에 짐은 구석에 쌓아 놓았다.

작은 창문으로 초여름 햇빛이 넉넉하게 들어왔다. 아저씨는 그 빛에 감격하며 창문에 얼굴을 갖다 댔다. 창문이 너무 작아서 얼굴을 밖으로 내밀 수 없었지만, 그래도 좋은지 콧노래를 불렀다. 나는 아저씨의 마음을 잘 안다. 반지하에 살다가 '미래의 밥상' 뒷방으로 이사 간 날, 밖에서 풍기는 가을 햇볕 냄새가 참 좋았다. 문 옆에 쌓아 놓은 아저씨의 책을 살펴보았다. 책 표지를 넘기자 첫 장에 책을 산 날짜와 날씨, 기분이 적혀 있었다.

〈시골에 계신 어머니에게 기쁜 소식을! 그녀를 생각하며 두근두근! 비 오는 토요일〉

짧은 문장에서 아저씨의 간절한 마음이 오롯이 전해졌다.

김판사 아저씨가 307호의 방 번호표를 떼다가 강력 접착제로 312호 방문에 붙였다.

"3과 7은 행운의 숫자니까 좋은 일이 생길 거야. 이제 짐 정리도 끝났으니까 같이 책 팔러 가자."

"무슨 책을 팔아요? 사법고시 포기하는 거예요?"

"포기하려고 했는데 사장님이 요리사로 변신한 모습을 보고 용기를 얻었어. 남은 시간 동안 최선을 다해서 노력할 거야. 만약 시험에 떨어진다고 해도 끝까지 열정을 쏟았으니 후회하지 않겠지."

"공부가 지긋지긋하다고 하셨잖아요. 몇 년 동안 버텨 낼 자신 있으세요?"

"지난번 친구의 슬픈 소식을 듣고 마음이 바뀌었어. 그 친구는 인권 변호사가 되는 게 꿈이어서 누구보다 즐겁게 공부했지. 그 꿈을 대신 이루어 주고 싶어. 지금까지는 억지로 공부했지만 이제는 아니야. 공부가 즐거워질 것 같아."

아저씨 목소리에 힘이 넘쳐서 덩달아 기운이 생겼다.

아저씨는 고시생들이 버리고 간 책을 옥상에 모아 두었다. 사법고시 책 말고도 경찰, 9급 공무원, 교사 임용고시 등 각종 시험 책들이 쌓여 있었다.

"최신 책이 많아서 헌책방에 가면 돈 많이 받겠네요. 필기가 거의 안 된 걸로 봐서 무늬만 수험생들이 본 것 같아요."

아저씨를 도와서 책을 챙겼다.

양손에 책 꾸러미를 들고 고시원 밖으로 나섰다. 간판이 없는 고시원 건물이 낯설고 허전했다. 다음 달에 건물을 허물고 고층 오피스텔 공사가 시작된다. 벌써부터 시끄러운 굴착기 소리가 들리는 것 같았다. 오피스텔이 완공될 때쯤이면 사법고시가 우리나라 역사에서 사라질 것이다. 어린 시절부터 지독하게 싫어했던 사법고시가 막상 없어진다고 하니 섭섭했다. 사법고시가 사라지면 대학동 고시촌도 사람들의 기억에서 잊혀질 것이다. 그때쯤 나는 어떤 모습일까. 그리고 시간이 더 흘러서 어른이 되면 어떻게 살고 있을까.

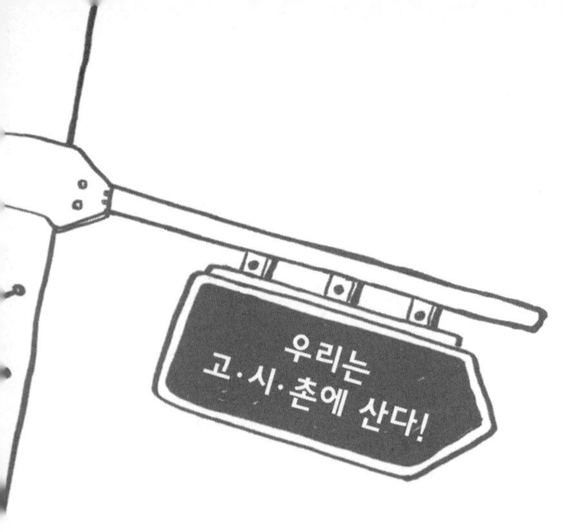

인터넷으로 성민이와 사회 수행평가 자료를 검색하며 아이디어를 떠올렸다. 두 사람이 한 팀이 돼 준비하는 수행평가라서 전학을 앞둔 성민이도 함께해야 했다. 성민이는 나보다 더 꼼꼼하게 자료를 찾아 읽었다. 발표까지 완벽하게 해내서 까칠박에게 우리 능력을 보여 주고 말 것이다. 잘하고 싶은 욕심이 컸지만 인터넷에 올라온 내용을 고대로 복사하는 '카피박스러운' 행동은 하지 않았다. 몇 번씩 읽고 나름대로 정리하고 쓰기를 반복했다.

"전학 가면 잘 적응할 수 있을지 걱정돼서 잠이 안 오네."

성민이의 얼굴이 시무룩했다.

"닥치지 않은 일을 미리부터 걱정하지 마."

"내가 전학 가면 우리 우정도 조금씩 희미해지겠지?"

"메신저가 있으니까 걱정 안 해. 그래도 더 자주, 오랫동안

172

연락할 수 있게 뭔가 있으면 좋을 텐데."

어떤 것이 있을지 고민해 보았다. 잘 떠오르지 않았다.

"성민이 성격이면 전학 가서 적응 하나는 잘할 거야. 지난번 댄스배틀 영상 보니까 자신감이 넘치던데! 잘 해낼 테니까 걱정하지 마."

엄마가 오렌지주스를 책상에 놓으며 성민이의 머리를 쓰다듬었다.

"아들, 아빠가 안 보이는데 어디 갔는지 알아? 장사가 끝나면 어디로 사라져서 함흥차사야."

엄마가 아빠에게 전화를 걸었지만 받지 않았다.

"수영 모임 때문에 바쁠 거야. 아빠도 자유 시간을 즐겨야지, 가게에만 있으면 안 돼."

아빠는 지금 도서관에서 조리사 자격증 공부에 열중하고 있었다. 일하면서 틈틈이 공부하고 요리 실습도 하느라 피곤해서 혓바늘이 돋아 매운 음식을 먹지 못했다. 눈치 9단인 엄마에게 걸리지 않으려고 요리 실습이 끝나면 방향제를 몸에 뿌리고 들어왔다. 그래도 아빠의 얼굴에는 활기가 넘쳤다. 아빠는 '아름다운 고생'을 만끽하고 있었다.

"나기찬 기획 위원님! 과제 하느라 바빠도 블로그 댓글 관리를 부탁해요."

엄마가 블로그에 접속하라고 재촉했다. 한글 문서를 닫고

미래의 밥상 블로그에 들어가 댓글을 달고 쪽지를 읽었다. '대장금 소울메이트' 님이 쪽지를 보내왔다.

〈미래의 밥상 님, 정말 좋은 노하우 많으신데 요리 번개는 안 하세요? 가게에서 소박하게 강연회도 하면 좋겠어요. 필참 1인!〉

쪽지 내용을 엄마에게 알렸다. 신미래 대표님은 좋은 의견이라고 말하며 직접 답장을 보냈다.

엄마는 자신만의 요리 비법과 식재료 구입 방법을 블로그에 공개했다. 덕분에 방문자가 급증했다. 아줌마들은 쪽지까지 보내며 자세한 것을 물어 왔다.

성민이가 오른손으로 볼펜을 돌리며 미래의 밥상 블로그를 훑어보았다. 녀석은 생각에 빠지면 볼펜을 돌리는 습관이 있는데, 이럴 때 말을 걸면 짜증을 낸다.

"파워블로거로 활동하는 아줌마를 보니 좋은 생각이 떠올랐어. 구체적인 방법을 더 연구해서 내일 말해 줄게."

녀석은 잔머리에 능한 아이디어뱅크라서 기대가 되었다.

엄마는 스마트폰을 꺼내 트위터를 확인했다. 신미래 여사는 여러 차례 실수를 거듭한 끝에 트위터와 친숙해졌고, 식권을 주는 이벤트를 해서 많은 팔로워를 확보했다. 이제 곧 고시촌 대표 트위터리안으로 등극할 것이다.

"이 인간 지금 뭐 하는 거야?"

엄마가 갑자기 방문을 열고 밖으로 나갔다. 무슨 일이냐고 물었지만 아무 대답도 하지 않았다.

밤 10시 30분이 넘었다. 인터넷에서 수행평가에 필요한 사진을 찾고 있을 때, 아빠 엄마가 가게로 들어오는 소리가 들렸다. 파일을 저장하고 방문을 열었다.

엄마가 아빠의 가방을 잡아당기며 실랑이를 벌였다. 무슨 일이 있었는지 짐작할 수 있었다. 아빠가 간절한 눈빛으로 도움을 청했지만 고개를 돌렸다. 부자지간에 연합해 감쪽같이 속였다고 나한테까지 불똥이 튀는 것은 막고 싶었다. 가방은 쉽게 엄마의 손으로 넘어갔다.

"나의 팔로워들이 고시촌 곳곳에서 활동 중인데, 내 손바닥을 벗어나려고 해?"

엄마가 스마트폰을 꺼내 트위터에 올라온 '열공 중인 아저씨'라는 제목의 사진을 보여 주었다. 도서관에서 공부하는 고시생이 아빠의 모습을 찍어서 엄마에게 제보를 한 것이다.

"조리사 공부와 더불어서 내일부터는 운전도 특별훈련을 해야 해."

엄마가 자신만만하게 외쳤다.

그렇게 원대 씨의 완벽하지 못한 완전 범죄는 실패로 돌아갔다.

아침 독서 시간이 끝났다. 성민이는 생각에 빠져 있었다.

"전학 가서 어떻게 적응할지 고민하는 거야?"

"신미래 파워블로거 님을 보고 떠오른 아이디어를 말해 줄게. 중학생 커뮤니티 카페를 만들어서 우리들의 문제를 해결해 보자. 그렇게 온라인에서 같이 활동하면 지금처럼 우정도 지켜 나갈 수 있어."

성민이의 계획을 듣는 순간 몸에 미세한 떨림이 느껴졌다.

"성적 때문에 고민할 때 청소년 수다 카페 게시판에 사연을 올렸는데, 댓글이 많이 올라와서 위로를 받았어. 좋은 정보도 나눌 수 있으면 '일석삼조'일 거야. 한 달 동안 쓴 반성문도 올려서 재능 기부 해야겠네."

우리는 머뭇거리지 않고 일을 추진했다. 신미래 여사의 추진력까지도 고스란히 본받았다.

기술 수업 시간, 컴퓨터실에서 성민이와 나란히 앉아 선생님의 눈을 피해 포털사이트에 카페를 개설했다. 운영자 두 사람의 닉네임은 '고시촌 미존'과 '고시촌 아싸'였다. '고시촌 미친 존재감'은 나였고, '고시촌 아웃싸이더'는 성민이었다. 녀석은 전학을 가서도 카페를 홍보해서 전국적인 커뮤니티로 성장시키겠다며 굳은 의지를 보였다.

유명 커뮤니티의 회칙을 참고해서 카페 규칙도 정했다. 규칙에 동의하지 않으면 가입할 수 없고, 어기면 '강퇴'였다. 우리 카페가 다른 커뮤니티와 다른 점은 회원 가입 과정에 있었다. 회원 가입을 할 때 2분 이내에 열 가지 질문에 답을 적고 가입 버튼을 눌러야 한다. 어른들이 가입하지 못하도록 하는 조치였다. 아이돌 그룹 프리티소녀의 멤버 숫자는? 중학교 1학년이 배우지 않는 과목은? 개취존과 니충은 무슨 뜻일까? 등이 질문이다.

카페 개설은 끝났지만 카페 이름을 정하지 못했다. 우리 카페만의 특성을 살리면서 쉽게 기억할 수 있는 이름이 떠오르지 않았다.

"요즘 많이 쓰는 신조어로 만들까? 네이밍이 어렵네."

성민이의 아이디어도 바닥을 드러냈다. 신조어는 유행이 지나면 촌스러워서 마뜩지 않았다. 여러 단어들을 떠올리며 창밖을 보았다. 간판에 고시촌이라는 단어가 적혀 있었다.

"카페 이름으로 '고시촌' 어때?"

장난스럽게 말하며 뒷머리를 긁적거렸다.

"고시촌? 좋아! 뭔가 좋은 의미가 있을 것 같아."

"아이디어가 없어서 농담 삼아 한 말이야."

"우리 출신 동네를 잊지 않게 해 주잖아. 고민하다가 카페를 만들었으니까 고민을 넣어 보면 어떨까?"

"좋은 생각이야. 고민이라. '고민을 하되, 시달리면 촌놈!' 그래서 고·시·촌! 어때?"

그럴듯한 의미까지 부여하자 멋진 이름이 탄생되었다.

우리는 바로 다음 단계로 돌입했다. 수업이 끝나고 컴퓨터실에 가서 전단지를 만들어 출력한 다음 관악도서관으로 갔다. 전단지를 명함 크기로 잘라 화장실 변기 앞에 붙였다. 볼일을 볼 때 읽은 문구가 가장 잘 기억되는 법이니까. 문제는 여자 화장실에는 어떻게 붙이느냐였다. 근처에서 서성거리며 선하게 생긴 여자아이를 물색했다. 몇 명에게 부탁했지만 매정하게 거절당했다. 포기하려는데 여자 사서 선생님이 지나갔다. 전단지를 보여 주며 카페에 대해 설명하자 선생님이 선뜻 고개를 끄덕였다. 이제 여자 회원도 확보할 수 있게 돼 '고시촌'에 대한 기대감이 커졌다.

평소에 안 쓰던 머리를 굴렸더니 기운이 빠졌다. 출출해서 지하 매점에 들어갔다.

"'고시촌'을 전국 중학생들의 대표 커뮤니티로 성장시키고 싶어. 카페의 힘이 커지면 학교나 교육청에도 우리 권리를 주장할 수 있겠지? 이제 선생님들도 긴장해야 해."

해물라면을 먹으며 손으로 이마에 맺힌 땀을 닦았다.

"'고시촌' 회원들의 서명을 받아 대통령에게 중학생들의 목소리도 전달해 보자."

성민이는 나보다 배짱이 두둑한 것 같았다. '고시촌' 회원이 늘어나면 정기 모임도 열고, 미래의 밥상의 도움을 받아 중학생을 위한 식사 모임도 마련하고 싶다. 미래의 단골손님을 확보하는 중요한 자리가 될 거라고 말하며 신미래 대표님을 설득해야겠다.

엄마는 내일 시골로 떠나는 성민이네를 위해 송별회 준비를 했다. 오늘 만찬은 신미래 대표님의 수제자인 나원대 셰프가 맡았다. 아빠는 몇 시간 전부터 불고기 양념을 하고 있었다.

식탁 위에 음식이 풍성해질 즈음, 성민이와 아줌마가 가게로 들어왔다.

"송별회를 준비해 줘서 정말 고맙습니다. 절대 잊지 않을게요."

성민이가 인사를 했다.

"기찬아, 저번에 화내서 미안해. 여름방학에 시골 내려오면 맘껏 놀다 가도 돼."

아줌마가 내 손을 잡았다.

이제 성민이가 고시촌을 떠난다는 것이 실감이 났다. 녀석과 함께했던 시간이 빠르게 스쳐 지나갔다. 그건 성민이도 마찬가지였나 보다. 성민이는 불고기를 맛보며 살며시 미소를 지을 뿐 말이 없었다.

어른들은 맥주잔에 술을 채웠고, 나와 성민이는 콜라를 마셨다. 맥주를 마신 신미래 대표님이 목소리를 가다듬으며 목청을 키웠다. 계룡산에서 득음한 소리꾼 같았다. 엄마는 젊은 날을 떠올리며 '8090 시절'에 유행했던 노래를 불렀고 김판사 아저씨와 아줌마, 아빠가 따라 부르며 흥을 돋았다.

성민이와 나는 바람을 쐬러 가게 밖으로 나갔다. 김판사 아저씨가 뒤따라오더니 주머니에서 최신 스마트폰을 꺼냈다.

"동영상 강의를 들으려고 스마트폰 샀어. 야한 동영상 보려는 건 절대 아니니까 오해하지 마. 연락 자주 해라."

아저씨가 문자로 전화번호를 알려 주었다.

카페 '고시촌'에 회원이 얼마나 늘었는지, 게시물은 올라왔는지 궁금했다. 운영자가 자주 카페에 접속해서 댓글을 달고 회원 관리를 해야 유령 카페가 되지 않는데, 나는 똥폰족이라 어려운 점이 많았다. 미래의 밥상 기획 위원 역할을 열심히 해서 연구비를 받으면 스마트폰으로 바꿔야겠다. 아저씨의 스마트폰을 빌려 카페에 접속했다. 회원이 세 명이나 늘고 한 여자 회원이 가입 인사를 남겼다. 가입을 축하한다고 댓글로 인사를 전했다.

"고시촌? 무슨 카페야?"

아저씨가 스마트폰 화면을 유심히 지켜보았다. 아저씨와는 비밀 없이 지내는 사이라서 숨기고 싶지 않아 카페에 대해 입을 열었다.

"카페 이름 멋지네. 나만큼 고시촌에 대해 잘 알고 고민이 많은 사람도 없잖아. 원래 고민이 많은 사람이 해결도 잘하는 법이야. 나야말로 가입 자격이 충분한데 나이가 많다는 이유로 거절당해서 섭섭해. 두 사람을 친구라고 생각했는데, 이렇게 왕따 시키는 거야?"

우리의 마음을 아저씨처럼 잘 헤아리는 어른은 지금까지 없었다. 또래들끼리 해결책을 찾는 것도 좋지만 어른의 조언도 필요할 것 같아 성민이와 의논을 하고 결정을 내렸다.

"아저씨는 '고시촌' 객원 운영자로 활동하세요. 회원들에게 좋은 삼촌이 돼 주세요. 단, 나이가 많아도 회원 가입 질문에 답하셔야 합니다."

아저씨가 회원 가입 버튼을 클릭했다. 질문을 보더니 대수롭지 않다는 듯 침착하게 답을 적었다. 1분도 걸리지 않았다.

"주유소에서 알바하면서 고딩들한테 배웠고, 너희가 하는 말도 유심히 들었지. 이래 봬도 전교 1등 출신이라 이해력과 기억력이 얼마나 좋은데! 나이 먹었다고 무시하지 마라!"

아저씨가 우쭐거렸다. 카페에 아저씨를 객원 운영자로 가입시켰다는 공지를 올렸다.

밤 12시가 넘었다. 동네는 어둠에 묻혔다. 시원한 밤공기를 들이마시며 고시촌을 둘러보았다. 합격고시원과 일등고시식당 간판은 이제 보이지 않았다. 사람들이 하나둘씩 이곳을 떠나면 합격고시원과 일등고시식당을, 시간이 더 흐르면 고시촌을 잊을 것이다. 하지만 나는 고시촌에 남아 이곳이 어떻게 변하는지, 누가 고시촌에 살았는지를 오랫동안 기억할 것이다.

아침이 밝으면 성민이도 고시촌을 떠난다. 오프라인 고시촌에서는 만날 수 없지만 온라인 고시촌에서 함께하기에 서운하지 않았다.

"오늘이 고시촌 카페 운영자들 첫 모임인 셈이네요. 구호를 외치면서 의기투합을 약속해요."

내가 먼저 오른손을 앞으로 내밀었다. 아저씨와 성민이가 오른손을 포개며 구호를 떠올렸다.

"우리는 고시촌에 산다!"

크게 구호를 외치며 손을 하늘 높이 올렸다.

경쾌한 목소리가 고시촌으로 퍼져 나갔다.

■ **시공 청소년 문학**　■ 중·고등학생 이상 권장 도서

1 아빠는 아프리카로 간 게 아니었다　마르야레나 렘브케 지음 | 이은주 옮김 | 156쪽 | 7,500원
한우리 권장 도서 · 책교실 추천 도서

2 안데스의 비밀　앤 놀란 클라크 지음 | 공경희 옮김 | 188쪽 | 7,500원
뉴베리 상 수상 · 책교실 추천 도서 · 경기도교육청 추천 도서 · 서울시교육청 전자도서관 추천 도서

3 열네 살, 그 여름의 이야기　마르티나 빌드너 지음 | 문성원 옮김 | 312쪽 | 8,500원
페터 헤르틀링 상 수상 · 책교실 추천 도서 · 경기도교육청 추천 도서 · 서울시교육청 전자도서관 추천 도서

4 세상 끝 외딴 섬 유대인 자매 이야기 1부　아니카 토어 지음 | 임정희 옮김 | 356쪽 | 8,500원
독일 아동청소년 문학상 수상 · 어린이문화진흥회 선정 도서 · 밀드레드 L. 배철더 상 수상

5 연꽃 연못가에서 유대인 자매 이야기 2부　아니카 토어 지음 | 임정희 옮김 | 292쪽 | 8,500원

6 소중한 사람들 유대인 자매 이야기 3부　아니카 토어 지음 | 임정희 옮김 | 300쪽 | 8,500원

7 또 다른 세상으로 유대인 자매 이야기 4부　아니카 토어 지음 | 임정희 옮김 | 336쪽 | 8,500원

8 빛은 어떤 맛이 나는지　프리드리히 아니 지음 | 이유림 옮김 | 300쪽 | 8,500원 | 아침독서운동 추천 도서

9 비밀의 시간　마르야레나 렘브케 지음 | 김영진 옮김 | 168쪽 | 7,500원
오스트리아 아동청소년 문학상 명예 도서 · 어린이도서연구회 권장 도서

10 돌이 아직 새였을 때　마르야레나 렘브케 지음 | 김영진 옮김 | 132쪽 | 7,500원
오스트리아 아동청소년 문학상 수상 · 한우리 권장 도서 · 아침독서운동 추천 도서 · 청소년출판협의회 추천 도서

11 함메르페스트로 가는 길　마르야레나 렘브케 지음 | 김영진 옮김 | 204쪽 | 7,500원
한국간행물윤리위원회 청소년 권장 도서 · 아침독서운동 추천 도서
어린이도서연구회 권장 도서 · 전국학교도서관담당교사모임 추천 도서

12 난 버디가 아니라 버드야!　크리스토퍼 폴 커티스 지음 | 이승숙 옮김 | 304쪽 | 8,500원
뉴베리 상 수상 · 전국학교도서관담당교사모임 추천 도서 · 경기도교육청 추천 도서
서울시교육청 전자도서관 추천 도서

13 차가운 물　요아힘 프리드리히 지음 | 김영진 옮김 | 448쪽 | 9,500원
독일 아동청소년 문학상 추리 부문 수상 작가

14 검정새 연못의 마녀　엘리자베스 조지 스피어 지음 | 이주희 옮김 | 348쪽 | 8,500원
뉴베리 상 수상 · 미국도서관협회(ALA) 선정 주목할 만한 책
어린이도서연구회 권장 도서 · 경기도교육청 추천 도서 · 서울시교육청 전자도서관 추천 도서

15 드럼, 소녀 & 위험한 파이　조단 소넨블릭 지음 | 김영선 옮김 | 288쪽 | 8,500원
아침독서운동 추천 도서 · 책따세 추천 도서 · 전국학교도서관담당교사모임 추천 도서 · 경기도교육청 추천 도서
서울시교육청 전자도서관 추천 도서

*시공 청소년 문학은 계속 출간됩니다.